Nobook
**Backstage**

Arman Carlo Mariani

# Star Wars Le origini del mito

A cura di Tatiana Carelli

NOBOOK

Titolo: *Star Wars Le origini del mito*
Collana *Backstage*

Prima edizione: novembre 2016

ISBN 978-88-98591-24-4
©2015 Nobook
Email: info@nobook.it
Indirizzo internet: www.nobook.it
Progetto grafico: Kattelan
www.kattelan.com

*Ogni riferimento a persone esistenti o a fatti realmente accaduti è
puramente casuale.*

A Siro e Ada,
due giovani padawan

# Star Wars

# Le origini del mito

# A mo' d'introduzione

Questo libro nasce principalmente come regalo alla memoria di un bambino di cinque anni, che nell'ormai lontano novembre 1977, in compagnia del padre, andò a vedere quello che fu il primo film che ricorda di aver visto, imprimendosi bene in mente l'immagine del droide C-3PO brillare di dorata lucentezza, nella sequenza finale del film, dopo che per tutta la pellicola era stato sporco.

Quel bambino è poi cresciuto, e con quest'opera mira seriamente a rendere giustizia a una serie di film che, sì, hanno certamente goduto delle attenzioni di tanta stampa, specializzata e non, ma hanno anche sofferto le sentenze di certa critica, dovute a pregiudizi, culturali e ideologici, oramai caduti in prescrizione ma duri a morire.

Quest'opera offre un approccio mirato e del tutto orientativo, volto a individuare le manifestazioni mitologiche esplicite o nascoste di *Star Wars*.

L'opera di Lucas si situa in un ambito teorico particolare, che è in ultima istanza la definizione di cinema hollywoodiano, e cioè tanto la proposta di un cinema artistico e intellettuale con esigenze di tipo formale e contenutistico quanto di un cinema ricreativo con evidenti pretese economiche di mercato. La prima Trilogia di *Star Wars* esemplifica al meglio tutti i significati del concetto di cinema come ri-creazione, nella duplice accezione del termine, di entertainment spettacolare e di nuova creazione mitologica

Sul primo numero dell'anno XXXIX di *Bianco & Nero*, datato gennaio/febbraio 1978, appariva un articolo di Virgilio Tosi che così diceva: "... non possiamo sottrarci alla curiosità intellettuale di domandare: tra quarant'anni, *Star Wars* sarà ancora un 'campione d'incasso', anche se non assoluto?" Una domanda a cui ora si può tranquillamente dare risposta affermativa.

Non si può però prescindere dagli studi di Vladimir Ja. Propp sulla fiaba, di Claude Lévi-Strauss sulla struttura dei miti, e di Northrop Frye sull'approccio analitico al fatto estetico, nel difficile tentativo di individuare una reale possibilità di avvicinarsi al fantastico mondo dei miti, che sia accettabile da un punto di vista critico e analitico, come da un punto di vista artistico e creativo.

Nel caso di *Star Wars* non sempre l'approccio è stato fruttuoso; il discorso storico sarebbe stato fine a se stesso e fuorviante essendo il suo mito tuttora vivo e vegeto, mentre quello psicoanalitico si sarebbe allontanato troppo dal seminato, rischiando un naufragio teorico. Infatti, pur nella più assoluta efficacia del modello proposto circa una definizione di mito e di mitologia nella cultura antica e primitiva, un approccio freddo a un testo cinematografico si è rivelato troppo limitato per un modello attuale: quando l'analisi mira a sezionare un corpus mitologico classico ne sta di fatto dichiarando la morte, nell'incapacità di salvaguardarne la vitalità e la creatività.

Ho provato allora a far coincidere certe strutture e certe motivazioni con quello che è a sua volta definibile un mito moderno, confrontandolo con lo schema di una moltitudine di miti, racconti, leggende e fiabe, propri della tradizione di culture di tutto il mondo. Ho cercato di mantenerne le forme e i contenuti, per ricostituire quell'intuizione spontanea e aurorale che l'ha determinato negli anni Settanta del secolo scorso, cercando di rispettarne le istanze poetiche e narrative, e mostrandone le infinite possibilità affabulatorie.

Ho utilizzato infine in maniera particolare gli scritti di Joseph Campbell, la cui opera ha enormemente influenzato il lavoro di George Lucas all'interno della saga.

# La forza sia con te

Il 25 maggio 1977 esordisce Guerre stellari, terzo film di George Lucas dopo *L'uomo che fuggì dal futuro* (1971) e *American Graffiti* (1973), uscendo fiaccamente in sole trentadue sale cinematografiche americane.

Quasi nessuno è pronto a scommettere su questa strana pellicola, a metà strada tra la fiaba e la fantascienza, che la 20th Century Fox ha finanziato solo per l'entusiasmo subito dimostrato dal produttore Alan Ladd jr, dato che il film era già stato rifiutato a priori sia dalla Universal che dalla United Artist.

Ma il successo è immediato e già dopo una sola settimana di programmazione viene definito "film dell'anno" dal settimanale americano Newsweek.

La gente sta in coda per ore pur di vedere il giovane Luke Skywalker duellare con Darth Vader in quella che pare un'avventura da fumetto e che diventerà invece la prima epica postmoderna.

Per la fine dell'estate il film ha già incassato 134 milioni di dollari contro gli undici spesi per la realizzazione. La Twentieth Century Fox ha fatto uscire nuovamente il film in prima visione il 21 luglio 1978 in circa 1700 cinema, chiedendo agli esercenti un impegno di sette settimane. Questa seconda uscita ha fruttato circa 35 milioni di noleggio e alla fine del 1978 il film non è stato ancora ceduto per la programmazione televisiva, non essendo la Fox disposta a rinunciare a una proprietà di così alto valore.

Il successo del primo film dà così al regista la possibilità di mettere in cantiere i due sequel, per completare la prima trilogia già prevista dalla sceneggiatura iniziale.

Nel 1980 esce allora *L'impero colpisce ancora*, diretto questa volta da Irvin Kershner, e nel 1983 Il ritorno dello Jedi, diretto da Richard Marquand.

Prima di continuare bisogna fare un po' di ordine per quanto riguarda la prima trilogia, sui titoli delle singole pellicole e le loro varie ri-edizioni. Nel 1977 il primo film esce con il solo titolo di *Guerre stellari (Star Wars)*.

Nel 1980 *L'impero colpisce ancora (Empire Strikes Back)* si presenta come *Star Wars: Episode V*, mentre il terzo, *Il ritorno dello Jedi (Return of the Jedi)* diventa *Star Wars: Episode VI*.

Con la *Star Wars Special Edition* del 1997 si sistemano le cose: le tre pellicole vengono ora chiamate *Star Wars: Episode Four - A New Hope (ANH)*, *Star Wars: Episode Five - Empire Strikes Back (ESB)* e *Star Wars: Episode Six - Return of the Jedi (ROTJ)*.

Nel 1999 esce il primo film di quella che sarà conosciuta come la Trilogia Prequel: *La Minaccia Fantasma (Star Wars: Episode I – The Phantom Menace)*, seguito nel 2002 da *L'Attacco dei Cloni (Star Wars: Episode II – Attack of the Clones)* e nel 2005 da *La Vendetta dei Sith (Star Wars: Episode III – Revenge of the Sith)*.

Nel 2015 è il momento per la Trilogia Sequel, questa volta firmata Walt Disney, che lancia sugli schermi di tutto il mondo *Il Risveglio della Forza (Star Wars: Episode*

*VII: The Force Awakens)*.

D'ora in avanti, quindi, quando parlerò di un singolo film utilizzerò la sigla corrispondente; userò il nome Star Wars per indicare invece l'intera prima Trilogia. Per l'analisi mitopoietica mi sono servito della versione finale, quella giudicata completa dallo stesso Lucas, accennando alle differenze con quella originale quando è necessario. E soprattutto ho deciso di occuparmi solamente della prima Trilogia, quella originaria, perché da sola consente di evidenziare tutti gli elementi creativi del mito che saranno poi sviluppati nelle evoluzioni successive.

Il fenomeno Star Wars ha dato vita anche a una serie di produzioni televisive e non, che, pur non appartenendo al canone così come è stato definito, sono pur sempre prodotte dalla Lucasfilm basandosi su storie originali di George Lucas.

Con l'acquisto della Lucasfilm da parte di The Walt Disney Company nel 2012 viene definito il canone di Star Wars che include tutti i film della saga – la Trilogia originaria, la Trilogia Prequel, la Trilogia Sequel, i futuri 3 spin-off, il film d'animazione *Star Wars: The Clone Wars* e i lungometraggi televisivi *Star Wars Rebels: Scintilla di Ribellione* e *Star Wars Rebels: L'Assedio di Lothal* – le serie animate *Star Wars: The Clone Wars e Star Wars Rebels* e tutti i libri, fumetti e videogiochi pubblicati dopo il 25 aprile 2014.

Tutti i prodotti precedenti vengono esclusi dalla continuity e commercializzati sotto il nuovo marchio *Star Wars Legend*. Qui vi rientrano *The Ewok Adventure: Caravan of Courage*, trasmesso sulla rete televisiva ABC nel novembre del 1984, diretto da John Korty, vincitore di un Emmy Award per gli effetti speciali visivi,[1] e il successivo *Ewoks II: The Battle for Endor* di Jim e Ken Wheat, anche questo vincitore di un Emmy.

Sempre sulla ABC nel 1985 viene trasmessa la serie cartoon *Ewok and Droids Adventure Hour* e nel 1986 Ewok e il film di animazione *The Great Heep,* diretto da Clive Smith. E non ci si deve dimenticare dello *Star Tour,* il movie raid prodotto per i parchi Disney, o del famigerato *Star Wars Holiday Special* del 1978.

Fino ad oggi Star Wars ha raggiunto un incasso cumulativo di oltre sei miliardi di dollari in tutto il mondo, confermandosi la serie di maggiore successo di tutti i tempi.

La Trilogia si è comportata molto bene anche alla notte degli Oscar. Il primo film della serie viene candidato dall'*Academy of Motion Pictures, Arts and Sciences* a ben dieci statuette, riuscendo a conquistarne sei, più un premio speciale per Ben Burtt agli effetti sonori.[2] Inoltre vince un Golden Globe per la colonna sonora, un *Hugo Award* per la *Best Dramatic Presentation* e un *Los Angeles Film Critics Association Award* come miglior film e

---

1     "ESB" vince come Miglior sonoro (Gregg Landaker, Steve Maslow, Peter Sutton e Bill Varney) e viene candidato come Miglior scenografia e Miglior colonna sonora. "ROTJ" viene candidato come Miglior scenografia, Miglior montaggio sonoro, Migliori musiche e Miglior sonoro.

2     "ANH" vince nella categoria Miglior scenografia (John Barry, Roger Christian, Leslie Dilley e Norman Reynolds), Migliori costumi (John Mollo), Migliori effetti visivi (Robert Blalack, John Dykstra, Richard Edlund, Grant McCune e John Stears), Miglior montaggio (Richard Chew, Paul Hirsch e Marcia Lucas), Miglior colonna sonora (John Williams) e Miglior sonoro (Derek Ball, Don MacDougall, Bob Minkler e Ray West); e riceve le nominations come Miglior film, Miglior regia, Miglior sceneggiatura e Miglior attore non protagonista (Alec Guinness).

miglior colonna sonora.

*"ESB"* viene invece candidato a tre Oscar, aggiudicandosene uno soltanto, più il premio speciale per gli effetti visivi. Da aggiungere il *Saturn Award dell'Academy of Science Fiction, Horror and Fantasy Films* per Mark Hamill (miglior attore) e per miglior film di fantascienza, e l'*Hugo Award* per la *Best Dramatic Presentation*.

Infine, *"ROTJ"* che, delle quattro candidature all'Oscar, ottiene solo il premio speciale agli effetti visivi, al quale vanno ad aggiungersi l'*Hugo Award* per la *Best Dramatic Presentation* e il *British Academy Award* per gli effetti speciali visivi.

Nel 1997 la rete televisiva americana MTV ha assegnato a Chewbecca[3] l'*MTV Movie Award* come premio per l'intera saga cinematografica.

Anche la colonna sonora gioca un ruolo importante all'interno del fenomeno culturale.

Solo per fare un esempio, nel 1998 le musiche di Star Wars sono state utilizzate per la presentazione della finale di Coppa del mondo di calcio tra Francia e Brasile.

Nella tarda estate del 1977, la versione 33 giri della colonna sonora sale negli Stati Uniti al primo posto nella classifica dei dischi più venduti e, in novembre, Zubin Mehta dirige un intero concerto di musiche di *ANH* all'*Hollywood Bowl*.

John Williams, autore delle musiche, riceve tre *Grammy Awards* nel febbraio 1978 e, appunto, un *Academy Award* nell'aprile dello stesso anno.

Le vendite dell'album originale hanno raggiunto i quattro milioni di copie vendute, ai quali vanno ad aggiungersi le innumerevoli edizioni successive e le versioni

---

3       Chewbacca, in inglese, il cui soprannome è Chewie.

speciali.[4]
Ogni ritorno di Star Wars sul mercato cinematografico o televisivo diventa insomma un evento di eccezionale portata.

Per la prima volta la tecnologia raggiunge l'home entertainment nella versione masterizzata THX digitale delle videocassette, che la Fox Home Video fa uscire nel 1996, toccando il record di dieci milioni di vendite in soli quindici giorni negli Stati Uniti, mentre in Italia le prenotazioni arrivano a quota 210mila copie, che vanno ad aggiungersi alle 140mila già vendute.
Questa non è che l'anticipazione per la cosiddetta *Star Wars Trilogy Special Edition* che la Lucasfilm ha preparato per il mercato cinematografico nell'anno del ventesimo anniversario dell'uscita americana.
Con effetti speciali riveduti e corretti, sequenze aggiunte e ampliate, un sonoro digitalizzato, la Trilogia si propone nella sua veste finale, così come il suo creatore l'ha sempre voluta.
Il costo dell'operazione di restauro per l'intera serie è stato di dieci milioni di dollari, con l'inserimento di 250 effetti speciali inediti per circa quattro minuti e mezzo di film aggiunto.
L'uscita è stata accolta con grandissimo entusiasmo: le 2104 sale di proiezione statunitensi in cui la serie è stata presentata hanno registrato il tutto esaurito, tanto da dover limitare la vendita dei biglietti, e il ritorno al cinema è stato definito 'epocale' dall'allora vicepresidente Al Gore: "È un'esaltazione dello spirito di pioniere

---

4        Nel 1980 viene pubblicato un album, il Christmas In The Star-Star Wars Christmas Album, che raccoglie alcune canzoni di Natale eseguite spiritosamente da Anthony Daniels, l'attore che dà voce e corpo all'androide dorato C-3PO.

americano, un inno all'ottimismo. Porta fortuna".

In circa quarant'anni *Star Wars* è diventato non solo mito cinematografico ma anche fenomeno di costume e prototipo di moderno sfruttamento commerciale.

I dati infatti non lasciano dubbi: l'americano medio ha visto *Star Wars* sei volte (si racconta che, così come ogni americano ricorda dov'era quando fu assassinato John Fitzgerald Kennedy, ognuno ricordi la prima volta che ha visto *Guerre stellari*) e che ad oggi sono stati staccati un miliardo e tre milioni di biglietti in tutto il mondo, senza tenere conto di un altro probabile miliardo di persone che ha visto *Star Wars* da casa.

George Lucas ha creato, da solo ed ex-nihilo, rinegoziando il suo contratto con la major dopo il successo del primo film e assicurandosi non una fetta più consistente degli incassi ma i diritti esclusivi per i seguiti e i prodotti commerciali derivati, il fenomeno del merchandising (i cui proventi riferiti alla Trilogia hanno superato di gran lunga gli incassi veri e propri).

Il logo di *Star Wars* è riscontrabile in centinaia di categorie di prodotti, dalla versione dedicata del Monopoli ai libri, dai pupazzetti della Lego al mobilio per la casa alle patatine fritte.

Certi linguisti riconoscono a *Star Wars* il merito di avere aggiunto espressioni come "la Forza sia con te" nel linguaggio comune. Risulta infatti evidente la nascita di un nuovo lessico stilistico di cui gli effetti speciali sono parte organica e integrante.

L'allora presidente USA Ronald Reagan, che di Hollywood e mitologia popolare se ne intendeva, vi ha attinto alcuni dei suoi celebri reaganismi come "l'impero del male" e un nome orecchiabile per un sistema di missilistica nucleare orbitante antibalistico.

Nel 1989 il Congresso degli Stati Uniti d'America ha

inserito il film nella lista dei primi venticinque film americani del *National Film Registry della Library of Congress Film Preservation Board* per i "suoi valori culturali, storici e artistici", dichiarandolo patrimonio nazionale e salvandolo per sempre dalla distruzione o dalla colorazione elettronica.

Anche il celebre "Smithsonian Institution", massimo reliquario di artefatti culturali americani, la pensa alla stessa maniera. È stata infatti allestita nell'autunno 1997 una mostra dedicata alla serie nel *National Air and Space Museum* a titolo di supremo tributo e canonizzazione.

Com'è possibile spiegare un successo senza precedenti di un prodotto cinematografico all'apparenza non diverso da tanti altri? E ancora, come si può comprendere il perché di una sua così curiosa presenza nella cultura moderna?

Determinate soluzioni legate all'universo *Star Wars* hanno certamente molto più a che fare con una micidiale strategia di vendita che con ragioni di tipo estetico, ma non si può certo semplificare il discorso parlando solo di monopolio di mercato e di frenesia consumistica. Perché per quanto raffinate siano state le tecniche, il fenomeno, specie quello cinematografico con cui tutto è cominciato, richiede altre e nuove categorie d'indagine per essere analizzato e compreso.

Il regista-produttore George Lucas ha voluto specificatamente inventare, e non solo imitare, certi canoni e certi codici del genere, recuperando dal racconto mitologico e popolare la matrice di una grande purezza e partecipazione affettiva unita all'inventiva della fabula e della fiction.

La Forza di *Star Wars* è ancora con noi.

# PARTE I

# DALLA NEW HOLLYWOOD A "LOOK AT LIFE"

## I.1. Il cinema americano degli anni Sessanta

Verso la fine degli anni Sessanta del secolo scorso si assi-
ste a quello che è forse il massimo tentativo di rinnovamento del cinema americano dai tempi dell'avvento del
sonoro. In precedenza quel cinema si era organizzato su
una serie di generi cinematografici codificati, strutturati
su un preciso bipolarismo manicheo.
La produzione, intesa come momento decisionale inap-
pellabile, dominava incontrastata. E soltanto attraverso
dei filtri, critica e pubblico potevano recepire il mondo
estetico dell'autore nell'opera, il suo segno stilistico
nel trattare il materiale. Film bellico o western, melodramma o gangster-movie, si trattava sempre e comunque di un delicato equilibrio fra esigenze di mercato e
necessità artistiche personali.
Con gli anni Sessanta scompare lo stile che caratteriz-
zava e rendeva riconoscibile ogni pellicola come pro-

dotto di una determinata casa cinematografica, frutto di uno staff di talenti professionali rigidamente costituito e di precisi calcoli di mercato.

La rivolta contro Hollywood, non soltanto come struttura produttiva e organizzazione industriale e commerciale ma anche e soprattutto come "sistema spettacolare", nasce lontano dagli studi cinematografici delle grandi majors, fuori dei gruppi artistici e intellettuali che ruotano attorno ad esse, ai grandi produttori, ai registi e attori famosi, e fiorisce nei piccoli circoli culturali, a San Francisco come a New York, all'interno delle università e fra gli artisti d'avanguardia.

Si allarga poi a macchia d'olio per tutto il corso degli anni Sessanta, coinvolgendo prima Hollywood e poi il cinema mondiale, soprattutto europeo.

Questo nuovo modello di cinema, in parte ancora amatoriale, è realizzato con pochi mezzi fra lo sperimentalismo e l'autoespressione, e viene definito "*underground*", rifacendosi a un articolo di Lewis Jacobs pubblicato nel 1959 sulla rivista Film Culture, in cui si parla della "*underground existence*" dei film sperimentali, della difficoltà che in questi anni e negli anni precedenti il cinema d'avanguardia incontra per farsi conoscere dal pubblico delle normali sale di proiezione.

Nel settembre 1960 un gruppo di cineasti indipendenti di New York, guidati dal direttore della rivista, Jonas Mekas, si riunisce e stila un manifesto nel quale si legge tra l'altro: «Il basso costo non è soltanto un metodo commerciale. Esso consegue alle nostre opinioni etiche ed estetiche, è direttamente connesso con ciò che vogliamo dire e col modo in cui vogliamo dirlo».

Vi convergono elementi diversi nella formazione delle componenti politiche, culturali e artistiche del cinema underground; se da un lato abbiamo infatti la tradizione europea della rivolta dadaista e surrealista, filtrata attraverso l'estetismo di Cocteau o la poetica mistificatrice di Dalì, dall'altro abbiamo il patrimonio della cultura americana riformista e progressista degli anni Trenta.

Accanto a un anarchismo fine a se stesso, alla rivolta spesso individualistica e al rifiuto delle convenzioni, si trova l'impegno politico, la critica sociale, alla luce di una visione sostanzialmente ottimistica dell'uomo e della società.

Questo nuovo modo di fare cinema ha vantaggi e svantaggi: maggiore libertà espressiva, maggiore capacità di entrare nel vivo dei problemi e delle fantasie di massa senza le costrizioni del codice Hays e delle autocensure, maggiore possibilità d'inserimento di tecnici e artisti provenienti da altri settori, maggiore attenzione alle ambientazioni. Significa anche un adeguamento alla moda del momento, alla produzione televisiva, con sceneggiature più aperte se non "troppo aperte", e comporta spesso un'assenza di professionalità e l'apparizione e sparizione repentina di meteore di talento.

Le centinaia di film realizzati nel corso degli anni Sessanta e dei primi anni Settanta da questi autori indipendenti si collocano, per lo più, al di là di quello che un tempo si chiamava cinema impegnato; fanno un discorso sostanzialmente diverso, legato all'esperienza interiore dell'uomo, alle sue facoltà di percezione della realtà che li circonda, alla liberazione dai legami costrittivi d'una società deprimente. Sono film in prevalenza autobiografici, in cui l'urgenza di esprimere le proprie sensazioni vitali o di coinvolgere gli altri nella sfera della propria intimità, svelata in pubblico, superano spesso i motivi più propriamente formali.

A questa inversione di rotta corrisponde, ovviamente, un profondo mutamento in termini tecnici. Con la manifesta intenzione di abbattere radicate convinzioni, la nuova produzione rinnova o inventa un linguaggio cine-matografico, diverso da quanto professato dal cinema classico, tanto da venire definita "New Hollywood".

La dominante di questa filmografia, proprio per i suoi interessi sociali e politici, è di stampo semidocumenta-ristico: non documentari, ma film che rifiutano la rico-struzione in studio e che volendo mostrare il vero volto dell'America, lo fanno per quello che essa è, la nazione dei grandi spazi e delle pianure interminabili, delle metropoli e delle strade infinite.

La fotografia gioca nel nuovo cinema un ruolo insostitu-ibile. All'apparenza artigianale (grana spessa, mancanza di luci artificiali ausiliarie), ma in realtà affidata all'abi-lità dell'operatore, in grado di catturare la luce assolata del West così come l'ombra del grattacielo. Le lenti si ampliano sempre più, il colore si desatura, nella scelta di sotto o sovraesposizione.

Proprio di questo periodo è anche l'uso esteso della focalizzazione funzionale: all'interno all'inquadratura la lente mette di volta in volta a fuoco l'elemento del quadro che interviene allo sviluppo della narrazione; o, al contrario, riprendendo il pan-focus con l'intento di presentare la totalità di un'azione.

A sua volta, il montaggio è stabilito secondo ritmi incal-zanti, nevrotici, vorticosi. Ma quando serve il ritmo sa allentarsi, distendersi o in piani-sequenza o in lunghi piani, a suggerire la lentezza dell'azione.

Del resto torna di moda la dissolvenza incrociata, con la sua "vaga pensosità di pausa di silenzio nella narrazione", e con essa angolazioni audaci, inquadrature sghembe, asincronismi, passaggi di mascherina, e a volte persino la chiusura/apertura a iride.

Filmare la realtà del quotidiano richiede una notevole libertà di movimento: ecco allora l'uso della Streadycam, del teleobiettivo, dello zoom.

Non c'è elemento, nell'arsenale delle acquisizioni tecniche che il cinema per decenni ha accumulato, che questo cinema non impieghi. È un cinema aperto non certo alla ricerca, ma all'uso, alla messa a frutto di tutto ciò che in ambito tecnico la tradizione ha trasmesso.

E proprio questa grande varietà di impieghi ci dice quanto il nuovo cinema americano non possa essere, da questo punto di vista, ridotto a formule o tendenze: in un modo simile a certe nouvelles vagues del passato, guarda con entusiasmo a qualunque artificio possa tornargli utile senza però teorizzare in merito al suo utilizzo. Sono certe caratteristiche sul versante tecnico che rivelano la lezione che il giovane cinema hollywoodiano ha mutuato non solo dal linguaggio cinematografico proprio dei commercials, ma appunto dai più coraggiosi cineasti indipendenti.

Il cinema della New Hollywood ha operato proprio nel senso di una svirilizzazione di alcune istanze dell'avanguardia di qualche anno prima: presentandosi in un primo tempo esso stesso come una sorta di avanguardia, in breve si adatterà in modo addirittura plateale ai meccanismi del sistema, e anzi contribuendo in modo sostanziale a un suo formale rinnovamento.

Uno dei termini del dibattito sul "nuovo cinema americano" riguarda il punto di partenza dal quale si avvierebbe l'itinerario della New Hollywood. Da un punto di vista delle date la critica è tutto sommato d'accordo. Non casualmente tre autori - Turroni, Cosulich e La Polla - identificano un inizio cronologicamente identico, collocato fra il 1967 (l'anno di *Bonnie and Clyde* di Penn e di *Il laureato* di Nichols) e il 1969 (l'anno di *Easy Riders* di Hopper).

Più controverso invece il senso di quella svolta e se essa risponda a un reale rinnovamento, oppure semplicemente a una ripulitura della vecchia macchina cinematografica. Tale, ad esempio, è l'atteggiamento di Turroni, pronto nel sottolineare la continuità del cinema statunitense e anzi a ridimensionarne le novità; mentre Cosulich appare più incline a mettere in luce gli aspetti salienti della politica produttiva delle 'major companies', e La Polla si manifesta più aperto a una sociologia dei modelli culturali emergenti della 'new wave' hollywoodiana.

Le spinte degli anni Sessanta, anche quando hanno saputo tramutarsi in una nuova coscienza (sessuale, razziale o comunitaria), si sono arenate in forme di autogratificazione, molto spesso schizofreniche se non paranoiche. Alla frattura nel rapporto tra individuo e collettività che era stata descritta in tanti modi dal cinema degli anni Quaranta e Cinquanta, si è reagito dapprima con l'esaltazione della marginalità e del disadattamento, poi dell'individualismo tout court.

Tra i miti più aggrediti dagli anni Sessanta vi sono il militarismo, il razzismo in tutte le sue forme, l'ipocrisia piccolo-borghese, il self-made-man e il suo successo fatto di prevaricazione, la politica come professione, il mito della cura psicoanalitica; ma il sistema è stato davvero scalfito solo dove non è stato toccato nelle sue radici.

Forse, a un esame più attento, il nuovo cinema, che in effetti ha lasciato le cose come prima, consente un discorso più critico e problematico per una diversa realtà politica e sociale. Questo cinema, che pure non esce dagli schemi formali della tradizione, rinnovata qua e là in certi elementi di dettaglio, ci fornisce della società americana contemporanea un ritratto estremamente sfaccettato, dal quale si possono ricavare indicazioni preziose sull'ideologia e sulla politica.

La continuità strutturale della macchina hollywoodiana, a prescindere da chi la gestisce, è troppo evidente perché possa essere seriamente considerata l'ipotesi della rottura, anche soltanto nei film che il sistema produce, se per rottura s'intende un rovesciamento totale dei modelli preesistenti o una tabula rasa della tradizione anteriore.

Tuttavia, al contempo, la quantità e la qualità delle modificazioni prodotte in questi anni nell'immaginario americano, è tale da aver fatto assumere al film hollywoodiano un ruolo e una funzione diversa da quella tradizionale, sia nel rapporto con la società che vi si riflette (la realtà statunitense dalla fine degli anni Sessanta a oggi) sia nel rapporto con la società cui s'indirizza (gli spettatori americani).

Basta pensare, sul piano strettamente tematico, all'emergere di un filone di film sulle lotte operaie e sindacali negli USA; alla frequenza di film che rievocano figure e atteggiamenti trasgressivi, invisi alla morale e all'ordine costituito; all'abbondanza di prodotti che alludono a meccanismi nascosti del potere politico e alla violenza che caratterizza i suoi rapporti interni e quelli con il cittadino; alla progressiva scomparsa del western, cui era da decenni delegata la rappresentazione epica delle origini della società americana; al moltiplicarsi di film catastrofici, film dell'orrore, film fantascientifici, che esorcizzano la paura dell'individuo di fronte a meccanismi distruttivi che è incapace di contrastare; e, infine, alla serie di film sulla guerra in Vietnam.

In esso si riflettono, direttamente o indirettamente, gli eventi che hanno profondamente segnato gli ultimi decenni della vita degli USA: dalla rivolta dei campus universitari alla fine della generazione dei "figli dei fiori", dalla sconfitta nella guerra in Vietnam all'affare Watergate che vede coinvolto il presidente Richard

Nixon.

Gli autori hanno in genere affrontato i problemi dell'attualità politica e sociale servendosi della grande metafora del cinema spettacolare, utilizzando Hollywood come straordinario veicolo di idee sotto forma di miti, riuscendo il più delle volte, almeno nei casi più validi e significativi, a mantenere inalterato e sufficientemente esplicito il loro discorso culturale.

È vero che, a un'analisi meno superficiale, questo cinema è rimasto spesso nell'ambito di un'ideologia generica, di un progressismo di facciata ma non interamente motivato; eppure ne risulta un quadro vivace e sfaccettato della società americana.

Rinnovati certi schemi spettacolari, scelti nuovi temi d'indagine e nuovi modelli sociali da rappresentare, riconquistato il pubblico, soprattutto giovanile, attraverso nuove proposte contenutistiche e formali, attingendo, da un lato, agli effetti speciali, a una spettacolarità che si contrappone al ridotto spazio del teleschermo, dall'altro, alle mode e ai gusti delle ultime generazioni, il cinema americano degli anni Settanta e Ottanta riprende quota, imponendosi sui mercati mondiali come il più vivo e stimolante.

Si è quindi creato un nuovo assetto d'indubbio spessore, caratterizzato da determinati elementi, che Claude Degand così sintetizza: "Una produzione ridotta di volume; un management molto più rigoroso che controlla la catena che va dalla scelta del soggetto alla pubblicità e al marketing; una presenza sempre più affermata nel settore televisivo e negli altri nuovi media; cooperazione con la produzione indipendente ma affermazione del ruolo chiave svolto dalla branca della distribuzione sia sul mercato interno che su quello estero; integrazione, per la maggior parte delle majors, in un sistema industriale e commerciale detto conglomerato".

Si è molto parlato e dibattuto del "nuovo cinema hollywoodiano", di un cinema che avrebbe inserito elementi di una qualche diversità nella tradizione americana di celluloide. Youth film, 16 mm., inversione dei valori etici ecc. sono sempre stati intesi come fattori indicativi del mutamento.

Si è parlato anche di un cinema più realistico, nel senso che la sua qualità mitopoietica si maschera ben più che in quello precedente sotto le apparenze della quotidianità dell'esperienza.

E questo è già un fatto abbastanza sicuro: se qualcosa caratterizza gran parte di questo cinema, è la difficoltà di attribuire ai suoi prodotti un genere preciso. È un cinema che sembra non prendersi più sul serio, che preferisce scartare l'asse del mélo o della screwball per fare del film una costruzione svincolata da convenzioni retoriche classiche. La grossa differenza col cinema del passato, anzi, sta tutta qui: nell'abbandono della descrizione del quotidiano, per divenire ibrido fra melodramma e commedia.

Questa è solo la superficie del rinnovamento. Non si può non osservare che il cinema americano, soprattutto quello dichiaratamente spettacolare, rinato dalle ceneri della vecchia Hollywood, abbia contribuito a superare un certo schematismo nell'analisi dei rapporti tra il cinema e la realtà e ad approfondire lo studio della natura stessa dello spettacolo cinematografico come momento autonomo e fondamentale dell'immaginario contemporaneo.

La vera New Hollywood nasce quando alcuni giovani registi trovano finalmente la voce adatta ad esprimerla in termini originali e degni di attenzione.

Mi interessa sottolineare la vitalità di questo cinema attraverso l'analisi, puramente orientativa, di un autore particolarmente interessante per la definizione di un nuovo modello cinematografico, nuovo in quanto, attingendo alla tradizione, l'ha rinnovata a contatto con la realtà contemporanea, usando al tempo stesso l'ironia, il piacere dello spettacolo, il gusto dell'avventura, le nuove tecnologie, col rischio della superficialità o del gioco gratuito, ma anche con la possibilità di analizzare il reale in una prospettiva metaforica o simbolica di forte incidenza, aprendo con lo spettatore un dialogo non puramente evasivo o ludico, ma spesso calato nei problemi fondamentali del vivere contemporaneo.

"È stato all'Università che ho fatto la maggior parte delle mie attuali amicizie. Quanto a Martin Scorsese e Brian De Palma, mentre ero in California, loro studiavano all'Est e ci siamo incontrati al National Student Film Festival, dove eravamo rivali. Steven Spielberg, invece, studiava al Long Beach State. All'Università della California Meridionale c'erano John Milius, Matt Robinson, William Huyck, che erano sceneggiatori. Francis Ford Coppola aveva cinque anni più di noi, che a quell'età è una differenza enorme. Aveva studiato alla UCLA e per noi era il primo che, uscito da una scuola di cinema, avesse sfondato a Hollywood".[1]

Proveniente dall'università come i suoi amici e colleghi più giovani, con una conoscenza approfondita e puntuale della storia del cinema e dei modelli formali del passato, George Lucas ha utilizzato il cinema come un mezzo straordinario per narrare delle storie, rappresentare della favole, inventare dei luoghi della fantasia, costruire un universo immaginario attraverso cui

---

1    Intervista a George Lucas, Positif, dodici interviste, Arcana Editrice, 1980, p. 54.

far passare la propria visione del mondo. Non si tratta soltanto di una questione di carattere iconografico, ma anche del posto che la narrazione occupa in relazione allo spettatore; di una riflessione sulla natura della narrativa cinematografica.

Col supporto della tecnologia digitale inizia una rivoluzione che chiama in causa modi e modelli di narrazione, ma soprattutto, di concezione nella confezione delle immagini, nella loro forma, nella loro posizione rispetto l'obiettivo, nella loro luce, nel tipo di sintassi che deve impiegare; e senza imporre nulla che a priori limiti gli esiti originali da proporre nella propria opera.

Riassumendo quanto detto finora, un primo momento di rinnovamento tecnico-tematico, che però lascia le cose invariate, è seguito da un certo numero di autori che tentano di investigare sul cinema, sulla sua natura, sulle sue possibilità, sul suo stesso ruolo in un mondo sommerso dalle immagini.

Ho già rilevato la concomitanza fra l'ascesa della seconda new wave e la ripresa dell'entertainment superproduttivo. Al tirannico produttore del passato si sostituisce direttamente il suo referente in sala, il pubblico stesso. La spettacolarizzazione del reale operata dal cinema di maggior impatto commerciale non ha più bisogno di intermediari: si denuncia tale nel momento in cui opera. Da questo punto di vista i registi hanno tentato l'unica strada teorica possibile nella contraddizione irriducibile del cinema contemporaneo Made in USA.

In altre parole, i suoi registi più rappresentativi elaborano una seria e profonda teoria dello spettacolo cinematografico nel momento in cui lo spettacolo diventa operante ad altissimi livelli di massa.

Due sono le vie percorribili: o proseguire sulla strada teorica pur non rinunciando alla confezione di un prodotto, o abbracciare la superproduzione intessendola spesso di elementi metalinguistici la cui funzione è quella di rimandare l'opera al sistema generale cui appartiene.

Il contrastato rapporto Realtà/Cinema che ha nutrito il cinema degli anni Sessanta e Settanta diviene in George Lucas rapporto Cinema/Cinema, poiché le opere non consentono a priori alcuna altra struttura referenziale.

La rivoluzione allora si presenta in modo decisamente più radicale se si pensa che la quasi totalità dei film che all'inizio la rappresentano divergono decisamente dalla pretesa realtà che è stata uno degli obiettivi della New Hollywood di qualche anno prima.

La narrazione pura non può essere altro che puro spettacolo, soprattutto quando l'autore stesso scompare in essa. La caratteristica nuova del cinema americano contemporaneo è proprio questa: non tanto un ritorno fittizio concepito nei termini scenografici e mitopoietici del cinema hollywoodiano classico, ma piuttosto un cinema che rinuncia a priori alla convenzione di realtà per farsi pura produzione di immaginario.

La citazione del cinema del passato, allora, non è e non può essere soltanto omaggio, ma è parte integrante di una diversa concezione del mezzo cinematografico. In pratica ci dice che ogni film è comunque una citazione. Sembra che la natura mitologica e ritualistica del racconto, per secoli mascherata dietro le sedimentazioni del costume borghese e della sua pratica di scrittura, sia di nuovo emersa in superficie a ricordarci la sua origine. E non deve sembrare paradossale il fatto che ciò avvenga proprio nel momento di scoperta e sviluppo, anche ma non solo in sede di applicazione cinematografica, delle tecniche elettroniche.

Proprio attraverso questo paradosso la cancellazione dell'individuo, che la tecnologia ha operato, trova la sua giustificazione non tanto nella rivalutazione della trascendenza, quanto nello studio dei rapporti fra l'una e l'altra. Sul piano della realtà della narrazione tutto sembra indicare una denuncia; su quello del mito, di un ulteriore fantasma di alterità, di distacco, di solitudine.

Viene in mente la definizione di mito fornita da Mircea Eliade, e comunque la condizione mitica del cinema ne esce evidente . Il sistema d'immagini che costituisce l'universo filmico si è da tempo strutturato come chiuso: ogni possibile alchimia tra i componenti è inattuabile, e la rinascita del mezzo espressivo come portatore di senso può avvenire unicamente all'interno di esso.

## I.2. Il ritorno del cinema fantastico

Il fenomeno sicuramente più vistoso del cinema americano degli ultimi vent'anni è il rilancio della fantascienza, dell'horror e dell'avventura in genere. Il rilancio, cioè, di un cinema apparentemente meno riflessivo, interiorizzato e realistico di quello cui ci hanno abituato gli anni a cavallo fra i Sessanta e i Settanta.

In una produzione che si aggira attorno ai duecento film annui, gran parte dei quali sono però prodotti marginali, il genere è decaduto, e non poteva essere altrimenti se è vero che era per definizione fondato sulla serie, sul numero, sulla continuità e le varianti, su una massa di prodotti al cui interno le regole fisse e i canoni venivano solo lentamente cambiati. Con strutture narrative più rilassate e con poche dozzine di film ogni anno, il genere sopravvive, quando sopravvive, come grossa eccezione o come ricalco del vecchio: il massimo o il minimo delle varianti .

Per un certo periodo sembra che il genere catastrofico prenda consistenza, ma si tratta di operazioni costose. Vi si conciliano temi e modi della fantascienza e perfino dell'horror, che sono i due filoni che hanno proseguito poi una loro storia di genere. Il primo, dopo le proiezioni in un futuro gravido di pericoli (le paura atomica nei primi anni Sessanta, il degrado della civiltà urbana, le prime istanze ecologiche), è diventato sempre più il luogo privilegiato dell'immaginario delle nuove generazioni.

Non la *space opera* o un futuro lontanissimo, ma un'accentuazione su dati già concretamente reali, un futuro assai prossimo, già disastrato da guerre ed esplosioni e dove la sopravvivenza è dei forti, nuovi eroi cinici e individualistici. Sono loro ad aver sostituito lo spazio del "Vecchio West" nell'immaginario avventuroso.

Alla fantascienza, affini per soluzioni spettacolari e componenti teoriche, va ricollegato il fantasy che, più che del futuro, parla di un passato mitico, fitto di archetipi fantasiosi e superficialmente profondo.

L'horror si è fatto sempre più orrorifico, grazie a veri maestri del trucco, all'esplorazione del grand guignol come della parapsicologia in tutte le sue varianti, ma anche in quanto terreno fertile per operazioni di metacinema.

Fantascienza e horror sono quindi i generi che hanno subito le trasformazioni più evidenti negli ultimi anni. Possiamo anzi dire che hanno finito per agire su terreni contigui e contaminanti, per mutuare le loro fantasie in un genere complesso e vitale, che mischia thriller, catastrofi, tv, cospirazioni, fumetto, musica rock, comicità grassa, e ha invece abbandonato quasi del tutto l'attenzione sociologica degli anni precedenti . Ideologicamente, i primi anni Settanta segnano un ripiegamento su se stesse di quelle generazioni che in un primo momento hanno applaudito l'intenzione critico-sociale del nuovo cinema americano. Il fallimento degli obiettivi politici e sociali dei movimenti giovanili e radicali si misura sul rilancio dell'immaginazione che segue lo smembramento sia ideologico che materiale dei vari gruppi.

Il successo del genere fantascientifico va letto quindi in riferimento alla crisi delle ideologie sviluppatasi in questi anni, determinata dallo scontro fra l'elaborazione teorica dei progetti sociali e la pratica politica che la sconfessa. Intendo dire che la liquidazione del passato è uno dei maggiori fattori caratterizzanti l'intero ambito del postmoderno e che la riduzione dell'esperienza a un presente che si brucia e si riproduce continuamente secondo forme che sono sempre nuove, ammette la contemplazione e l'esplorazione di universi immaginifici.

Così il cinema di fantascienza diventa il non-luogo dove tutto è possibile, la proposta di una realtà altra, che, proprio perché inverificabile, mantiene sempre una sostanza di minaccia, di caos, anche nel momento in cui la retorica narrativa richiede e attua una catarsi consolatoria.

Il cinema fantascientifico è cinema del turbamento: non tanto dell'ordine sconvolto, quanto della psiche in termini di angoscia . La proposta di questo genere di film è sempre idealmente ancorata a un possibile futuro, non è storia che avviene al di fuori di noi, non riguarda gli altri: riguarda sempre e comunque il nostro mondo. Qualunque minaccia stellare, per quanto assurda e remota, abita una zona sconosciuta: quindi fa sempre parte del possibile. La tendenza che da lì a qualche anno si è sviluppata, e che non accenna a passare di moda, ha dimostrato come la fantascienza possieda un potenziale d'impatto decisamente superiore a ogni altro genere cinematografico.

Il sogno (o incubo) narrato soppianta dunque la protesta e la rivolta: un gusto affabulatorio prende forma da una parte nel richiamo della grande avventura e dall'altro da una presa di coscienza della struttura metalinguistica che queste opere denunciano.

La precisa e dettagliata attenzione che il nuovo cinema fantastico riserva a corpo e realtà è una diretta conseguenza sia della teoria che della pratica iperrealistica del cinema americano. Questa è stato infatti il punto d'arrivo di una riflessione teorica sui rapporti fra realtà e sua riproduzione cinematografica. L'attenzione riservata al corpo dal cinema degli anni Settanta riguarda la riduzione dello spazio fra l'osservatore e l'osservato. La riduzione dello spazio, della distanza, l'obiettivo ravvicinato evidenzia la natura di spettacolo.

Del resto il discorso è logico; lo stadio seguente non può che essere un salto al di là del reale, un tuffo nel fantastico, eseguito, però, con la coscienza della precedente esperienza, vale a dire con un bagaglio di nozioni relative al reale che non possono non condizionare il modo stesso di avvicinamento a ciò che per definizione reale non è.

È insomma la conseguenza di quella che è stata chiamata "l'eclisse della distanza" e che ha portato al dominio della sensazione, della simultaneità, dell'immediatezza, dell'impatto, a svantaggio dello spazio un tempo lasciato alla riflessione. La tridimensionalità, la concretezza, la verità non sono più proprie del mezzo cinematografico: sappiamo che ce ne siamo talmente avvicinati da averne la percezione distorta.

E si deve aggiungere che a questo punto il corpo trapassa alla sfera oggettuale: ormai non è più sufficiente guardarlo, ma occorre ri-raccontarlo. Al massimo il corpo può venire fantasticato, vale a dire idealizzato, pensato in termini di mitica perfezione.

Il rilancio del fantastico, che nelle sue cento accezioni caratterizza il cinema USA, e trova le sue più profonde ragioni: non come reazione a un razionalismo imperante, ma come impossibilità di proseguire una seria critica della realtà non in termini 'realistici' ma teorici.

In generale, immettendo lo spettatore in un universo che trova solo parziale riscontro nelle categorie del reale, fa sì che egli sia totalmente coinvolto senza tuttavia trovare all'interno del film un preciso specchio delle proprie ansie. Al meglio, come si diceva, esso riflette su se stesso, come sistema chiuso di riferimento e anche come ultima figura di una civiltà dell'immagine che è l'incarnazione dell'aspetto economico in termini di spettacolo.

## I.3. Il cinema di George Lucas fino a Star Wars

Nato a Modesto in California nel 1945, Lucas incomincia come meccanico a tempo perso presso un garage, dove si occupa in particolare della riparazione di auto da corsa. Qui conosce Haskell Wexler, proveniente da una famiglia ricchissima, appassionato pilota dilettante oltre che geniale direttore della fotografia fin dagli anni Cinquanta.

Su suo consiglio, comincia a dedicarsi alla fotografia, e, una volta iscrittosi all'University of Southern California, al cinema, tanto che nel 1965 realizza un suo primo cortometraggio dal titolo *Look at 'Life'* (in 16 mm). In università precisa i suoi interessi visivi dedicandosi al disegno e all'animazione e scoprendo il montaggio cinematografico.

"È stato all'Università che ho veramente scoperto il cinema, opere che mi stimolavano, in particolare i film canadesi del National Film Board, da Claude Jutra alle opere astratte di Norman McLaren. Per me fu una rivelazione improvvisa che mi fece decidere veramente di diventare cineasta. Ed era l'epoca - metà degli anni Sessanta - in cui il nuovo cinema, come quello di Godard, cominciava a entrare nelle università americane. Provenendo dalle Belle Arti quello che in primo luogo m'interessava era il lavoro con la macchina da presa, poi ho scoperto il montaggio e me ne sono innamorato, al punto di decidere di diventare montatore".[1]

---

1    Intervista a George Lucas, Positif, dodici interviste, Arcana Editrice, 1980, p. 51.

Le sue prime prove sono shorts di pochi minuti, nella migliore tradizione dell'underground californiano come "THX 1138 4eb", con cui compie il suo apprendistato tecnico e formale.

"Il primo film che abbia mai fatto era di animazione, durava un minuto e si intitolava *Look at 'Life'*. Ha vinto premi un po' dappertutto, in particolare a Oberhausen. Si basava sul settimanale "Life", un montaggio molto rapido per quell'epoca, di fotografie e di titoli sull'amore, l'odio ecc. Poi tutti all'Università hanno fatto la stessa cosa. In seguito ho realizzato *Freiheit*, su qualcuno che tentava di attraversare il muro di Berlino: durava tre minuti. Poi *1.42.08*, su un pilota da corsa che collaudava una vettura, un film di circa sette-otto minuti. Il mio quarto film fu "Herbie" e lo girai in una Volkswagen, era quasi astratto e non si vedeva altro che immagini sfocate di pioggia con, in sottofondo, la musica di Herbie Hancock, il pianista di jazz, da cui è venuto il titolo. Poi ci fu *Anyone Lived in a Pretty Howtown*, tratto dal poema di E.E. Cummings, ancora una volta un film poetico, astratto. [...] Quindi un altro dei miei film in cifre, *6.18.67,* il cui titolo deriva dal giorno in cui l'ho girato e che è composto da una serie di inquadrature del deserto, un altro saggio poetico. Ho anche realizzato *The Emperor*, un documentario su di un disc-jockey, che mostrava il rapporto tra quello che i ragazzi immaginavano e quello che era veramente quel disc-jockey".[2]

Gira nello stesso tempo un altro cortometraggio sulla lavorazione del western "L'oro dei Mackenna"

2       Intervista a George Lucas, Positif, dodici interviste, Arcana Editrice, 1980, p. 53.

(Mackenna's Gold) di Jack Lee Thompson. Si affaccia in lui il gusto per l'immersione gioiosa all'interno della macchina-cinema, a caccia dei trucchi del mestiere, che gli ispirano l'idea dei lavori successivi.

Nel 1968 segue Francis Ford Coppola durante la lavorazione di *Sulle ali dell'arcobaleno* (*Finian's Rainbow*); poi gli fa da assistente in *Non torno a casa stasera* (*The Rain People*, 1969).

Assieme a Coppola sviluppa l'idea della Zoetrope, una casa di produzione indipendente da impiantare a San Francisco, sotto la protezione della Warner Bros., lontano dalle macerie di Hollywood e del System in agonia. Nelle loro intenzioni la Zoetrope dovrebbe essere il punto di incontro per tutti i giovani talenti che hanno idee da vendere e nessuno che gliele compra, oppure per quei neo-registi già in parte affermati in veste più o meno indipendente, per i quali il rapporto con le majors resta conflittuale e che potrebbero trovare a San Francisco uno sbocco produttivo.

Gira ancora un documentario dal titolo *Film Maker* (1969); dopodiché Coppola gli finanzia il primo lungometraggio di finzione, *L'uomo che fuggì dal futuro* (*THX 1138*, 1970) che sviluppa il tema del suo primo cortometraggio.

Con *L'uomo che fuggì dal futuro* Lucas realizza un vero e proprio lavoro d'ingegneria cinematografica perfettamente coerente con le istanze provocatorie promosse dalla casa di produzione: con una patina d'avanguardia, con echi di body art, di iperrealismo, di astrattismo formale e di simbolismo, il regista raffigura l'incontro con la forma, il percorso della sua iniziazione all'abc del cinema.

Disinteressato alle strutture narrative, rivolge la propria attenzione all'immagine, favorendo la tendenza al voyeurismo dello spettatore: allo spettatore, messo di fronte alla nudità e alla incorporeità dell'immagine filmica, non rimane altro da fare che giocare con la pellicola, per sfuggire alla sua mono-dimensionalità e partire alla ricerca di un 'altrove', un luogo utopico dove le forme acquistano altri valori, al limite tra la vita e il sogno, tra la gioia e la paura.

Al primo film fa seguito, nel 1972, *American Graffiti* che, sotto l'apparente veste rievocativa di un'adolescenza perduta, rappresenta la svolta nella ricerca metafisica di George Lucas.

In questo progetto si esprime la voglia di condensare tutte le categorie e cristallizzazioni del fenomeno sociale dell'*american way of life*, quasi un lavoro di filologia per mostrarne l'artificialità e l'illusione che giacciono al di sotto delle apparenze.

È una peculiarità già del primo cinema di Lucas quella di convogliare nel film un discorso metafilmico, ossia la finta memoria del Cinema, ascrivendo a priori all'irrealtà del Cinema la garanzia di realtà e verità della Storia. Con l'inatteso successo di *American Graffiti*, a Lucas viene ora data la possibilità di iniziare la lavorazione del suo ultimo film, il film che da sempre sogna, come ultima possibilità di un cinema allegorico la cui messinscena conclude il suo itinerario regressivo alla ricerca della radice di tutto, l'extra-filmico.

È con matura cognizione narratologica che il creatore di *Star Wars* si accinge alla revisione di tutto un repertorio diegetico del passato per cogliervi le variabili e le costanti del mito umano che tanto suggestiona la sua cosmologia fantastica.

# PARTE II

## MITO, CINEMA E STAR WARS

### II.1 La genesi di Star Wars

Non è certo raro che le opere di finzione conoscano tutta una serie di modificazioni nel corso del processo di elaborazione.

"È stato molto difficile scrivere la sceneggiatura di *Star Wars*. Dei quattro anni di lavoro che il film ha richiesto, due sono stati dedicati alla sceneggiatura. Ci sono state quattro versioni complete con quattro storie e quattro personaggi diversi. La prima era su di un vecchio. La seconda su di una ragazza. La terza su due fratelli. E la quarta - quella buona! - sulle avventure di un giovane agricoltore e di una principessa. La cosa più difficile fu semplicemente sapere cosa volevo che il film fosse. Un film 'duro', alla *Flash Gordon*, quindi abbastanza simile a *James Bond*? O un film più tenero, sulla linea di Jules Verne o de *L'isola del tesoro*? Alla fine ho optato per il mitologico. La prima sceneggiatura era gigantesca, cinquecento pagine, conteneva tutto quello che volevo. Il vecchio era un guerriero, come il personaggio di Ben Kenobi interpretato da Alec Guinness. La ragazza somigliava a Luke Skywalker, l'eroe di *Star Wars,* e andava incontro a suo fratello, come nella terza versione, con la storia dei due fratelli. Il più giovane cercava il maggiore perduto, il quale era in possesso di un cristallo che avrebbe loro permesso di vincere la guerra.

Han e Luke, in *Star Wars,* sono nati da questi due fratelli, ma li ho trasformati considerevolmente. Quanto alla ragazza, è diventata la principessa Leia. Nella prima versione Luke non c'era neanche. Vi erano elementi 'samurai' e 'zen' che si ritrovano in Kenobi, ma avevano un ruolo più importante. Il vecchio guerriero si aggrappava a una tradizione che era andata perduta. Era molto più intellettuale, più dialogato, vi si parlava della forza, della religione. Allora dovevo decidermi: o girare questa sceneggiatura più filosofica, sulla scia di *THX 1138*, o rimanere fedele alla mia idea iniziale di un film d'azione pieno di avventure straordinarie. In effetti, l'idea originale era più esoterica, ancor più vicina del film attuale alle serie televisive della domenica pomeriggio, con un ritmo ultrarapido. Ho conservato questo ritmo 'slam bang' nella seconda parte, ma non sono riuscito a convincermi ad adottarlo per tutto il film e a ridurre tutto il dialogo a "Da che parte?" e "Laggiù", "Stai attento!". Sarebbe stato stancante, così ho combinato le due cose. Dalle cinquecento pagine della prima stesura, sono arrivato a centoventi. Ma è stato difficile perché volevo tenere tutto, come un bambino in una pasticceria. Ma quello che m'interessava era che non c'era un film veramente valido di questo genere. Negli anni Cinquanta la scienza ha prevalso sulla fantasia e il romanzesco è stato più o meno abbandonato, man mano che i viaggi nello spazio e la tecnica venivano in primo piano. In questo filone, il capolavoro è *2001: Odissea nello spazio,* uno dei miei film preferiti, in cui tutto è scientificamente esatto e immaginato partendo dal possibile. È veramente l'apice della fantascienza. Invece io volevo questo aspetto di fiaba mitologica che mi piaceva da bambino e che ho ritrovato nei western, prima che diventassero seri e che ponessero dei problemi. In antropologia avevo studiato i rapporti tra la società e la mitologia dei racconti popolari. Una delle idee di base era l'esistenza, all'orizzonte, di un mondo esotico che sarà esplorato e affrontato da un giovane guerriero. È la storia di Ulisse, dei Cavalieri della Tavola Rotonda, dell'Isola del Tesoro, di Gunga Din. E negli Stati Uniti sono stati i western. Erano film meravigliosi, perché gli uomini che li creavano avevano avuto un rapporto diretto con quelle storie, le avevano conosciute. Per le persone della mia generazione, il West non esiste più. Fu l'ultima terra esotica, l'ultimo mito, l'unica nuova frontiera è ora lo spazio. Ma quello che m'infastidisce è che questa frontiera sia tecnologica, cerebrale, priva di avventure, di romanticismo. Allora ho voluto uno spazio immaginario, come quello dei nostri sogni, dove si combattono i mostri, dove si salvano gli esseri in pericolo, dove tutto è possibile, dove si ritrovano la lealtà e l'amicizia. Ho voluto creare un immaginario che sembrasse vero. Ho voluto concentrarmi sul realismo di queste galassie lontane, piuttosto che sull'aspetto fantastico. E che tutto fosse divertente, emozionante, che piacesse ai bambini."[1]

Il primo trattamento ricorda la vecchia versione del romanzo ed è interessante vedere come alcuni elementi siano rimasti invariati mentre altri sono stati radicalmente cambiati o addirittura abbandonati.

Lucas ambienta la sua storia nel trentatreesimo secolo,

---

1        Intervista a George Lucas, Positif, dodici interviste, Arcana Editrice, 1980, p. 46.

un periodo in cui i cavalieri templari-Jedi, come le loro controparti medievali, giurano fedeltà all'Alleanza dei Sistemi Indipendenti.

Tre le ambientazioni descritte: una serie di pianeti desertici e un mondo gassoso con una città sospesa tra le nuvole. Ogni persona, animale e struttura è definita e descritto nei minimi dettagli.

La storia è piuttosto complicata: Leia Aguilae, la principessa ribelle, accompagnata dalla famiglia e dai dignitari di corte, fugge da un malvagio sovrano che ha preso i controllo dell'Alleanza e si è dichiarato imperatore. Il generale Luke Skywalker, uno dei due cavalieri Jedi sopravvissuti (assieme all'amico Annikin Starkiller), aiuta la Principessa durante la fuga prendendo due burocrati imperiali come ostaggi durante il viaggio. Una banda ribelle, composta da dieci ragazzi, si unisce al gruppo. Inseguiti dalle truppe imperiali, i ribelli fuggono a bordo di una fregata stellare su un pianeta e si nascondono nella giungla, dove vengono però attaccati, e la principessa catturata. I ragazzi vengono addestrati dal generale Skywalker a volare in un 'one-man devil fighter plane', liberano la principessa, ingaggiano una battaglia a colpi di laser nello spazio con la flotta imperiale, e scappano verso la libertà. Nella scena finale, il generale e la piccola banda vengono premiati dalla principessa sul suo pianeta natale, dove rivela il suo vero stato di divinità. I due burocrati prigionieri si ubriacano dallo sconcerto, "*realizing that they have been adventuring with demigods*".[2]

I personaggi in *The Star Wars* sono sorprendentemente simili alla loro definitiva versione, sebbene Skywalker sia

---

2        "Realizzando che hanno avuto un'avventura con semi-dei."

diventato un teenager, così come la principessa: i due burocrati, chiamati SeeThreepio e Artwo Detwo verranno infine trasformati nei due droidi che tutti conosciamo.

È presente anche Han Solo, come amico dei cavalieri Jedi, mentre Chewbacca, il principe wookie è già descritto come *"a giant furry alien"*;[3] sono presenti anche i due cattivi, il generale Darth Vader e Valarium, il Cavaliere Nero. E Lucas già introduce i primi veicoli spaziali.

L'eroe di *Star Wars* nasce come un generale di età avanzata, già cavaliere, ma Lucas pensa possa esserci maggior sviluppo nella sua personalità se si trasforma in un giovane che gradualmente diventa uno Jedi. Il personaggio si origina in un doppio percorso: l'innocente e idealistico combinato con un cinico pessimista (che più tardi darà vita alla figura di Han Solo).

La principessa Leia domina le prime versioni della sceneggiatura ma non era ancora la tipica damigella in pericolo. Mentre il personaggio di Luke cresce, quello della principessa tende a scomparire, e le viene creata una love story con Han per renderla interessante. Obi-Wan Kenobi e Darth Vader nascono come un unico personaggio, fino alla completa distinzione tra padre buono e padre malvagio. Vader diventa sempre più macchina e sempre meno uomo: la sua forza e la maschera lo rendono un perfetto simbolo della tecnologia più disumanizzante. Ben Kenobi si trasforma da vecchio generale a eremita del deserto, prima di diventare il maestro Jedi interpretato da Sir Alec Guinness.

Queste trasformazioni ovviamente avvengono per gradi.

Nella prima sceneggiatura, completata nel maggio

---

3     "Un peloso gigante alieno".

1974, la storia racconta della lotta dei Jedi Bendu, un gruppo formatosi centomila anni prima della Forza Spaziale Imperiale, contro i malvagi cavalieri del Sith, una sinistra setta di guerrieri volta al Male. L'eroe è Anakin Starkiller, diciottenne, ricercato dal fratello più vecchio, Biggs, per aiutarlo nel salvataggio di loro padre, Kane. La famiglia, una volta riunita, si oppone al regime dell'Imperatore, assieme alla figlia di Kane, Leia, spedita in una galassia lontana lontana per sicurezza. Kane Starkiller e Luke Skywalker, un generale di mezza età, sono i soli cavalieri Jedi sopravvissuti, tra i molti catturati e sterminati dai malvagi Sith e credono in 'the Force of Others', un vincolo mistico che dona loro poteri miracolosi; la nemesi Jedi è Valarium, il Cavaliere Nero dei Sith, aiutato dal generale chiamato Darth Vader.

Ci sono anche i due robot, Artwo Detwo e SeeThreepio, e il pilota ribelle (alto otto piedi e col pelo grigio) chiamato Wookie, che vive nella giungla. Han Solo appare brevemente come un enorme mostro dalla pelle verde, con le branchie e senza naso. L'Imperatore è un ufficiale corrotto dal potere e sovvertitore del processo democratico, mentre Owen Lars, che più tardi diventerà lo zio di Luke, è un antropologo che studia le caratteristiche della società Wookie. Come nella versione poi effettivamente girata di *ANH*, la storia si conclude mostrando la distruzione della stazione orbitante Death Star, l'arma definitiva del malvagio Impero.

Il regista sa bene che queste stesure sono ancora troppo complicate e confuse: decide allora di trasformare i due fratelli in Luke e Han, far emergere il personaggio di Ben Kenobi da Kane Starkiller, e semplifica i cattivi, creando un'unica figura di malvagio, Darth Vader.

C'è una sorta di progresso nella seconda versione, finita il 28 gennaio del 1975: ha un titolo preciso, *Adventures of the Starkiller, Episode One of the Star Wars*, ed è ambientata nella Repubblica Galattica, sconvolta dalla guerra civile. La storia racconta la ricerca del Kiber Crystal, che controlla la *Force of Other*s, "*a powerful energy field... that influenced the destiny of all living creatures*".[4]

La Forza ha ora un lato positivo chiamato Ashla, e Bogan, una contro-forza, rappresentante il lato negativo. Il Jedi Bendu, capitanato dal leggendario Skywalker e dai suoi dodici figli, controllava il lato buono della Forza, ma è stato eliminato da Lord Vader, il cavaliere oscuro. Se Vader è il demonio, Skywalker è allora la personificazione di dio, completo della sua lunga barba bianca, vestito candidamente, e dallo sguardo fiero e penetrante. Ingaggiano una battaglia per il controllo del cristallo magico, una piccola gemma che può intensificare i poteri della Forza, buona o malvagia che sia. Luke Starkiller, ora un giovane, salva suo fratello Deak dalle grinfie di Vader; Leia è la figlia di Owen Lars e di sua moglie Beru, e sembra essere la cugina di Luke (entrambi visitano la tomba della madre di lui, morta col marito su un pianeta distrutto dalla Morte Nera). Han Solo è diventato un giovane pirata corelliano e ha una ragazza, una creatura alta cinque piedi che è l'incrocio tra un orso e un maiale, di nome Boma. Chewbacca, il compagno vecchio di duecento anni, ha zanne da babbuino, gli occhi di un giallo luminoso e indossa un giubbetto da aviatore e i calzoncini marroni. I droidi iniziano finalmente ad assomigliare alle versioni finali.

La narrazione si vivacizza con un ritmo più veloce e con una maggiore attenzione allo sviluppo dei caratteri dei vari personaggi: una nave da battaglia imperiale a caccia di un'astronave ribelle introduce in media res l'azione;

---

4       Forza degli altri, un potente campo di energia ... che ha influenzato il destino di tutti gli esseri viventi.

Ben è ancora un personaggio senza nome che inizia Luke alle vie della Forza; vengono introdotti i Jawas e assistiamo a un considerevole incremento per quanto riguarda la battaglia finale. Lo script termina rimandando l'appuntamento al secondo episodio della saga, in cui la famiglia Lars verrà rapita, e gli eroi partiranno alla ricerca de *"the Princess of Ondes"*.

La terza versione è dell'agosto del 1975. Luke è diventato un giovane agricoltore, figlio del famoso maestro Jedi Anakin Starkiller. Owen Lars è l'arcigno zio di Luke, che ruba i risparmi del nipote per salvare la fattoria. Un ologramma della Principessa Leia, ora sedicenne, trasporta la richiesta di aiuto per portare in salvo i piani di costruzione della Death Star; Luke parte allora alla ricerca del generale Kenobi, compagno d'armi del padre, ma è subito catturato dai popoli del deserto. Ben Kenobi, "*a shabby old desert rat of a man*",[5] libera Luke, ma deve essere persuaso a intraprendere la causa dei ribelli. Incontrano Han Solo, un *"tough James Dean-style starpilot, a cowboy in a starship: simple, sentimental, and cocksure"*[6] e il suo co-pilota, che accetta di condurli con la loro astronave al pianeta ribelle. Il Kiber Crystal è ancora il simbolo della Forza, ma stavolta Lucas è più preciso nella dicotomia tra Bene e Male; per la prima volta viene anche pronunciata la frase "*May the Force be with you*".[7]

Leia, che ha i poteri mentali di una strega, viene catturata e torturata da Vader, e poi salvata da Luke e Han. Ben, alla ricerca della pietra magica, si scontra con Vader

---

5       Un misero vecchio ratto del deserto di uomo.

6       Un duro James Dean in stile Starpilot, un cowboy in una nave stellare: semplice, sentimentale, e sicuro di sé.

7       Che la forza sia con te.

in un feroce duello con le spade-laser; viene ferito ma è salvato dai due eroi giusto in tempo per passare il cristallo a Luke. Con il suo potere è ora possibile attaccare e distruggere la Morte Nera.

La versione definitiva, la quarta, viene ultimata il 15 gennaio 1976, con il titolo provvisorio di *Star Wars, Episode One: A New Hope. From the Journal of the Whills*. George Lucas racconta la sua storia tra l'ironico e l'ingenuo: pare come se da un lato scoprisse per la prima volta la fenomenologia del romance con la sorpresa per le peripezie e le vicissitudini dell'eroe; dall'altro è come se non potesse trattenersi dal far intervenire una certa malizia e la parodia fra le pieghe del racconto.

Apparentemente nasce proprio con *Star Wars* la "strategia dell'Effimero" come momento di conoscenza ed esperienza profana. L'atteggiamento immorale del cinema di Lucas permette il recupero dello schermo bianco, che è, essenzialmente, un vuoto cosmico, galattico, per il fuggevole tempo-spazio dello spettacolo, per le evoluzioni delle astronavi e degli umani, dei robot e dei mostri, degli ologrammi e degli schermi-radar.

A un primo sguardo superficiale, sembra appunto che al suo creatore interessi solamente che l'universo di *Star Wars* sia l'elaborazione di un continuum astratto narrativo personale, nella cui trama le tracce i fumetti, il cinema d'animazione, i più disparati generi cinematografici, i suoi studi antropologici, sono appena accennate, come ricordi appena rifioriti dalla memoria.

Il romance si trasforma in qualcosa di pretestuale, in un continuo ricorso alla stimolazione ottica per dare la caccia al gusto per la narrazione. Il mondo del romance si presenta come un mondo idealizzato e innocente: gli eroi sono tutti coraggiosi, le eroine tutte bellissime, i malvagi tutti cattivi, e si tiene poco conto delle frustrazioni, delle ambiguità, e delle difficoltà della vita comune.

Nell'analogia dell'innocenza le figure spirituali o divine sono in generale dei vecchi, saggi e paterni, dotati di poteri magici come Prospero, o spiriti custodi benigni come Raffaele prima della caduta di Adamo. Tra le figure umane vengono in primo luogo i bambini, e tra le virtù quella più strettamente associata all'infanzia e allo stato d'innocenza, cioè la castità, che di solito include anche la verginità.

Il regista-produttore, da buon postmoderno, riusa il romance come una propria grammatica, su cui costruire il proprio conte de geste, nel gioco delle variabili e delle contaminazioni delle strutture transfrastiche della fiaba e del mito. A Lucas non resta che ritessere la trama di un epos già conosciuto e definito ripristinandone lo spessore significante e tutte le possibili omologie. Tutte le citazioni cui fa riferimento, nascoste, infedeli, anche inconsce, diventano un gioco di allusioni e ammiccamenti.

## II.2 Le fonti culturali di *Star Wars*

I sedimenti della memoria, abbiamo detto, sono variamente impastati, fertili di tanti altri depositi.
Abbiamo anche ripetuto quale particolare seduzione
abbia sempre esercitato su George Lucas il *Flash Gordon*
di Alex Raymond, estremo erede popolaresco dell'aristo-
crazia mitologica del Graal col suo impulso alla fuga dal
nostro mondo in disfacimento verso un mondo extraterrestre, il pianeta Mongo. Anzi, il controverso lemma
lucasiano della 'Forza' non nasconde, tra le altre ascen-
denze, a volte nobili (deve qualcosa alla saga nordica di
Beowulf, quanto allo zen, alla demonologia socratica,
allo sciamanesimo, alla psicoanalisi e alla forza Odica di
Karl von Reichenbach), una sua origine raymondiana.
Ma in *Star Wars* non rivive solo *Flash Gordon*.
Il processo di disoccultamento dei materiali rivela la
presenza di deformazioni, condensazioni e rimescola-
menti a volte imprevedibili. Da Dale discende Leia, da
Klytus il Principe Nero Darth Vader, dagli amici Flash
e Barin la coppia Luke e Han Solo, ma la principessa
Leia, discende anche da Dejah, la principessa di Marte,
la partner del *John Carter* di Edgar Rice Burroughs, il
fondatore (nel 1912) della fantasy e della *heroic fantasy*,
e poi creatore di *Tarzan*.
E non è certo un caso che, sulla scia dell'esoterismo
dei nomi, Darth Vader richiami Dankwart, il malvagio
fratello di Hagen, l'eroe nibelungico. E in tale contesto di rivisitazione dell'epica medievale, Han Solo si
riferirebbe allora l'Ivain di Chrétien de Troyes, e il suo
'secondo' Chewbacca, l'umanoide dagli occhi azzurri
metà orso e metà leone, rievocherebbe il topos del leone

riconoscente che s'affeziona a Ivain. Ricordo infatti che il rapporto tra Han Solo e Chewbacca nasce quando il primo libera il secondo dallo stato di schiavitù in cui si trovava per colpa dei soldati imperiali.

E sempre a tale background cavalleresco va certo ascritta la funzione riparatrice del 'cavaliere del cielo' Luke armato della spada-laser e investito di tutti i crismi eroici dal 'padre' Ben Kenobi: la sua è, a seconda delle diverse tradizioni del mito cavalleresco, la Balmung di Sigfrido, l'Excalibur di re Artù, la gigantesca lama di Beowulf, di Parsifal, ma anche la spada del rito samurai. E, come Parsifal/Perceval, viene escluso nell'adempimento della sua suprema missione di cavaliere del Graal, dall'amore di Leia (sarà il più mondano Han Solo a goderselo). E inoltre Ben Kenobi è proprio come lo zio eremita di Perceval, il fratello del Re Pescatore, e come tale s'identifica appunto nel 'padre buono' di Luke, mentre Darth Vader è il padre malsano, 'malato' come il mitico Re Pescatore, responsabile, con la sua malattia, della condizione di tramonto della cavalleria e insieme di sterilità della terra, della Terre Gaste, della terra desolata (il pianeta di sabbia in ANH, di ghiaccio in ESB) da rifecondare con il rinnovato entusiasmo per la lotta e la cerca del Graal.

Per quanto concerne il sostrato fumettistico, non si può dimenticare il Jeff Hawke di Sydney Jordan, in particolare per l'indimenticabile sequenza della taverna dei sette peccati di Mos Eisley, lo spazio-porto di ANH, né del Curt Newman di Edmund Hamilton, per il suo pacifico convivere tra umani ed extraterrestri.

Per quanto riguarda la narrativa fantascientifica, sono molti i testi che riecheggiano nella serie. Spicca fra tutti *The Legion of Space* di Jack Williamson, che ruota attorno al tema dell'eroina Aladoree Anthar, custode di un importante segreto trasmessole dal padre scienziato e per questo rapita dagli extraterrestri; l'eroe John Star e i suoi tre compagni si avventurano fino al lontano pianeta Yarkand e combattono per salvarla.

Il postulato di una galassia lontana lontana è poi ricollegabile a un altro racconto del 1934, *Colossus* di Donald Wandrei, una space opera in cui l'astronauta Duane sul suo White Bird (il Millenium Falcon deriva da qui), per raggiungere l'eroina Shyrna, prova l'esperienza del passaggio da un continuum spaziotemporale all'altro.

Oltre alle reminiscenze remote di Williamson e Wandrei, sono evidenti le citazioni di Van Vogt e dei suoi cicli dell'Impero, di "Isher & dei Negozi d'armi" e dell'"Impero di Linn", nell'incessante volteggiare delle astronavi lungo la galassia. La costante della presenza dell'Impero Galattico è viva poi in Asimov e nella sua trilogia (*Fondazione, Fondazione e Impero, Seconda Fondazione*). Ed è ancora Asimov, con il suo Robbie di *Io, robot*, a suggerire l'ironia del robot 'umano' C-3PO.

Quella della coabitazione di umani e androidi è poi prassi consolidata da tempo nella sci-fi: pensiamo ai marziani 'umani' di *Old Fainthfull* di Gallun e di *A Martian Odissey* di Weinbaum. Anche questa è un'ibridazione che, al di là della coppia shakespeariana Prospero-Calibano, ha la sua matrice nella favolistica più remota, quella degli animali parlanti in connubio coi bambini, secondo un codice di comportamenti che trova ancora nella Wonderland di Alice il suo statuto definitivo. E a tale proposito, in base all'indubbia suggestività dei nomi e delle forme, perché non pensare per il piccolo robot Artto-Detoo una relazione con Humpty Dumpty, appunto di foggia ovoide, sempre sul punto di cascare e soprattutto provetto semiologo, decifratore del non-sense del Jabberwocky? E perché non allegare a quell'ibrida creatura (Chewbacca), che Lucas chiama wookie, la parentela fonica col Jabberwocky di Carroll (tanto più che Lucas provvede a porlo di fronte anche a un tal personaggio di nome Jabba The Hutt)?

Dunque Luke-Lancelot e Darth Vader-Mordred? E Ben Kenobi-Beowulf? Anche Beowulf, custode di una Forza destinata a svanire ineluttabilmente con la sua indifferibile vecchiaia, affronta per un'ultima volta il mostro con la gigantesca spada e soccombe uccidendolo. E, così pure, Luke-Sigfrido, Luke-Parsifal, Luke-Lohengrin? O, insieme, come abbiamo accennato, la loro parodia?

Il cromatismo para-wagneriano (impastato con echi di Stravinskij e Dvorák) della colonna sonora di John Williams, con tanto di leitmotiv per i personaggi principali e le situazioni ricorrenti, parrebbe accreditare un tale regime di ambivalenza: il gusto dell'ascendenza colta e insieme l'estro della citazione impertinente.

Perché la buona zia Beru, madre adottiva di Luke, non potrebbe essere Beatrice, la madre di Perceval/Parsifal (e ci sarebbe di sintomatico, ancora l'assonanza fonica), la trepida donna che fa di tutto per trattenere il figlio nel calore della quiete domestica, lontano dal pericolo cavalleresco, e muore di dolore quando se lo vede strappare dal più forte richiamo dell'Avventura? La tranquilla Anchorhead di Luke non è anche la Xanthen di Sigfrido? O la Smallville di *Superman*?

Qui Lucas s'impadronisce di uno dei testi sacri del cinema western che è *Sentieri selvaggi* di John Ford: il fuoco che distrugge la casa colonica degli zii di Luke Skywalker è il medesimo fuoco appiccato dagli indiani Noyaki alla fattoria degli zii di Martin, superstite senza radici che al termine del suo lungo viaggio iniziatico al fianco dello zio saggio Ethan colmerà la propria lacuna esistenziale ritrovando Debby, la fanciulla rapita da Scar, il capo indiano che dovrà uccidere egli stesso.

I film di Lucas quanto a citazioni cinematografiche sono una vera miniera: come molti hanno notato, la scena finale dell'incoronazione in ANH è ripresa da quella di *Der Triumph des Willens* di Leni Riefensthal, e quando Han Solo si rivolge a Leia, rimanda a una famosa battuta della coppia Bogart/Bacall. Per non parlare poi dell'esplicita citazione al *Sergej Ejzenstejn* di Aleksandr Nevskij per la battaglia iniziale in ESB.

E il discorso potrebbe andare avanti ancora per molto.

È doveroso dunque suddividere questo particolare fenomeno dell'impiego mitopoietico delle più svariate derivazioni culturali in tre grandi fasce di manifestazione, che sono: 1) i casi di analogia strutturale di un evento socio-culturale con le forme mitologiche tradizionali; 2) la citazione implicita, all'interno della struttura dell'evento, di uno o più temi tradizionalmente mitici; 3) infine i casi di citazione esplicita, in quella struttura, di questi temi.

Va notato che entrambi i casi di citazione (implicita o esplicita) possono possedere un carattere organico, oppure frammentario, oppure sincretistico; questo a seconda che gli elementi citati siano presentati nella loro totalità rispetto alla mitologia in questione, lo siano solo in parte, oppure si trovino mischiati contemporaneamente a stilemi appartenenti ad altre catene simboliche tradizionali.

È evidente che queste tre modalità d'espressione di rado si trovino separate: spesso sono miscelate, in modo tale che una di loro presenti un carattere predominante rispetto le altre; il che rende appunto possibile, sia per rigorosità di identificazione sia per comodità interpretativa, riferirci alla classificazione in oggetto.

Questa contrapposizione che nei film si esplica a livello di tutti i generi che lo compongono è amalgamata con particolare dovizia e abilità narrativa dal filone portante della space-opera, vicinissimo alla fiaba se si tiene presente l'apparente semplicità, genericità e indeterminatezza dei contenuti e, quindi strutturale, dello script favolistico, dei personaggi e delle loro funzioni.

Infatti la favola di Lucas utilizza nella prima Trilogia almeno 17 delle 31 funzioni del catalogo di Vladimir Ja. Propp per mezzo delle quali è possibile ricostruire a posteriori la serie. Se ci sarà modo sarà interessante proseguire l'analisi strutturale sulle altre pellicole della saga.

Dopo la descrizione della "situazione iniziale" (determinazione spazio-temporale: un'altra era, un'altra galassia; parte preparatoria: il riassunto della situazione della galassia presente in tutte e tre le pellicole) "un personaggio si allontana" (la principessa Leia Organa e Luke Skywalker) e questo allontanamento (che può essere un rapimento) dà "origine ad una sciagura o ad una mancanza" (il pericolo per il pianeta/i piani anti Morte Nera). "Compare un'antagonista" (Lord Darth Vader e Grand Moff Tarkin, poi l'Imperatore) "che tenta di impadronirsi dei suoi averi" (i piani). "La sciagura è resa nota" (dai due robot). "Ci si rivolge all'eroe" (Luke Skywalker prima, poi tutti gli altri).

"L'eroe incontra un donatore" (Obi Wan Kenobi e il piccolo maestro Jedi Yoda), "che lo mette alla prova", "preparandolo al conseguimento di un mezzo o aiutante magico (la spada-laser e l'addestramento all'uso della Forza). "Il mezzo magico perviene in possesso dell'eroe". "L'eroe si trasferisce sul luogo in cui si trova l'oggetto della ricerca" (la prima e la seconda stazione orbitante). "L'eroe e l'antagonista ingaggiano direttamente la lotta". "L'antagonista è vinto". "È rimossa la sciagura o la mancanza iniziale". "L'eroe ritorna e riceve la ricompensa finale".

Ci si è spesso domandati perché mai i miti, e più generalmente la letteratura orale, facciano un uso così frequente del raddoppio, triplicazione o quadruplicazione della medesima sequenza. La ripetizione ha una funzione peculiare, che è quella di rendere manifesta la struttura del mito.

La struttura che caratterizza il mito consente di ordinare gli elementi che la compongono in sequenze diacroniche che possono essere esperite sincronicamente. Questo perché ogni mito possiede una struttura a molti piani che non sono mai identici tra loro. Il mito si sviluppa come se fosse una spirale, finché l'impulso intellettuale che gli ha dato origine non si è esaurito. La crescita del mito è quindi continua, in opposizione alla sua struttura che resta discontinua. E quando, in una determinata favola, leggenda, rito o mito, sembra mancare l'uno o l'altro degli elementi base del modello archetipo, questo è celato sotto questa e quella veste, e la sua apparente mancanza può illuminarne tutta la storia.

La space-opera di George Lucas, come tutte le favole e i miti del pianeta, fa appunto uso frequente del raddoppio, della triplicazione e della quadruplicazione, di una stessa sequenza narrativa, con la precisa funzione di rendere palesi e comprensibili la struttura e il contenuto della favola e del mito.

Il trasferimento dell'azione su diversi scenari (ripetuto con significato identico su diversi personaggi) e la lotta (con sostituzione del protagonista e aggregazione di nuovi personaggi) sono le principali unità strutturali del racconto di Lucas. Queste due unità si compongono di una sequenza costante: trasferimento del protagonista in un luogo nuovo, lotta e sconfitta temporanea dell'eroe, intervento del salvatore, che si unisce ai protagonisti dell'unità precedente e assieme a loro si trasferisce per ripetere la catena: il movimento, la lotta, sconfitta, comparsa del salvatore, movimento, ecc.. L'ordine di coinvolgimento è: Principessa, i due robot, Luke, Kenobi, Han Solo e a ogni ripetizione il gruppo si infoltisce realizzando le condizioni per la vittoria finale sul Male.

La parabola convenzionale dell'avventura dell'eroe costituisce la riproduzione ingigantita della formula dei riti di passaggio: separazione, iniziazione e ritorno; che potrebbe definirsi l'unità nucleare del monomito. L'eroe abbandona il suo ambiente sociale per avventurarsi in un regno meraviglioso e soprannaturale; qui incontra forze favolose e riporta una decisiva vittoria; l'eroe fa ritorno dalla sua misteriosa avventura dotato del potere di diffondere la felicità fra gli uomini.

Come vedremo, l'avventura dell'eroe, sia essa descritta con le grandiose immagini orientali, o nei vigorosi passaggi dell'epica greca, o ancora nelle imponenti leggende bibliche, segue comunque la traccia dell'unità nucleare sopra descritta: separazione dal mondo, penetrazione sino a qualche fonte di potere, e ritorno apportatore di vita.

Il mondo orientale è stato beneficato dal dono recato dal Guatama Buddha, del suo insegnamento della Buona Legge, così come lo fu l'Occidente dal Decalogo di Mosé. I greci misero in relazione il fuoco, il primo sostegno di tutta la civiltà umana, con l'impresa sovrumana di Prometeo, e i romani la fondazione della loro città eterna con la fuga di Enea da Ilio in fiamme e la sua visita al misterioso regno dei defunti. In tutti i casi, indipendentemente dalla sfera d'interesse (religioso, politico o culturale), le azioni creative vengono presentate come derivanti da una sorta di morte al mondo, e quanto accade durante il periodo della non-esistenza dell'eroe a far sì ch'egli ritorni alla vita come rinato, reso grande e pieno di potere creativo, viene descritto in modo uniforme da tutti i popoli della terra.

Il poliedrico eroe del monomito è un personaggio eccezionale. Spesso è onorato dalla società in cui vive, altre volte ne è ignorato e disprezzato. Egli e/o il mondo in cui si trova soffrono per una simbolica deficienza. Nelle favole questa può essere semplicemente il mancato possesso di un certo anello d'oro, mentre nella visione apocalittica è la vita fisica e spirituale della terra intera che può apparire come caduta o sul punto di cadere in rovina.

L'eroe delle favole ottiene un trionfo domestico, microcosmico, mentre l'eroe del mito riporta un trionfo macrocosmico, di portata storica e universale. Mentre il primo, figlio cadetto o disprezzato che viene in possesso di poteri straordinari, trionfa sui propri oppressori personali, il secondo riporta dalla propria avventura il mezzo per la rigenerazione di tutta la società.

Gli eroi locali o tribali, come l'imperatore Huang Ti, Mosé, o l'azteco Tezcatlipoca, riservano il loro dono a un solo popolo, mentre gli eroi universali, Maometto, Gesù, Gautama Buddha, recano un messaggio per il mondo intero.

Sia l'eroe ridicolo o sublime, greco o barbaro, ebreo o gentile, il suo viaggio varia ben poco nelle linee essenziali. Nelle favole popolari l'atto eroico è costituito da un'azione fisica; nelle religioni più alte è presentato come un'azione morale; tuttavia, si troveranno variazioni eccezionalmente minime nella morfologia dell'avventura, dei personaggi, delle vittorie riportate.

Iniziamo quindi lo studio del mondo dei miti, un mondo astratto e puramente narrativo di ricorrenti invenzioni e temi che prescinde dai canoni di verosimiglianza e plausibilità dell'esperienza comune.

## II.3 Apologia di una mitopoiesi cinematografica

Una sorta di cecità degli studi mitologici, dedicati alla costante ricostruzione delle grandi culture orali e delle raccolte mitologiche arcaiche e primitive, impedisce di fare i conti con le possibilità mitopoietiche del mezzo cinematografico. Si manca così di evidenziare la capacità simbolica del ciclo eroico propria del mezzo cinematografico di soddisfare un livello di rappresentazione dei traumi della società moderna.

Alcune riprese della visione junghiana del mito, secondo cui questo è l'espressione di uno dei differenti modi in cui l'essere umano percepisce, comprende e costruisce rapporti con il mondo. Il simbolo non è il segno di qualcosa di conosciuto, ma il segno di qualcosa che non è noto e che non si può esprimere che in termini simbolici. Viceversa, viene distinto il mito e il 'submito' per quanto riguarda la produzione di fantascienza, intendendo con 'submito' quelle immagini, figure e motivi che non hanno risonanza religiosa e morale, né valore estetico o intellettuale, ma che sono altrettanto vivi e possenti, da non poter essere liquidati come puri stereotipi. Hanno la vitalità dell'inconscio collettivo ma nessun valore etico, estetico o intellettuale.

Il mito viene considerato attraverso un paradigma che ne indica la peculiarità di esperienza legata al simbolico. Poi, al contrario, ne viene riconosciuto un paradigma valoriale. Giudizi e gerarchie di valore tra mito e submito risultano inconsistenti di fronte a una materia che non consente differenziazione diversa dal suo esistere o meno.

Diventa dunque a questo punto indispensabile un

ricambio nei paradigmi del mito che sia in grado di penetrare al centro del nesso mito-cinema.

L'alterna caratterizzazione e l'evoluzione tematica dell'eroe nel ciclo di *Star Wars* sono il luogo di un sapere, di una mitologia, che articola e condiziona la trasformazione interna del mito. Ma è solo un aspetto di una complessiva mitologia costituita dal cinema in se stesso, in un cinema come quello di Lucas fortemente segnato dalla tecnica.

A conclusione del suo studio sul mito, Furio Jesi indica con il termine 'macchina mitologica' un modello di analisi capace di spiegare le modalità di funzionamento e i meccanismi interni del sapere e della conoscenza del mito. Quest'ultimo, infatti, anche se strutturato in una profonda corrispondenza con la storia e con il cambiamento delle culture umane, appare ancora come un oggetto dalla natura sfuggente, difficilmente comprensibile. Sono evidenti la complessità e il paradosso interni al modello della 'macchina mitologica': mentre è in grado di individuare l'articolazione profonda del sapere sul mito, non riesce a liberarsi da una duplice caratterizzazione. Da un lato, afferra la creazione di nuove acquisizioni, le configurazioni originali che si formano all'interno del mito; dall'altro, l'estrema problematicità della 'macchina mitologica' si manifesta là dove è scienza "del girare in cerchio, sempre alla medesima distanza, intorno a un centro non accessibile: il mito".

Una duplice sovrapposizione di concetti (tecnica uguale ideologia, ideologia uguale tecnica) viene a risolvere, a quanto sembra in modo unilaterale, il significato del rapporto tra mito e tecnica.

È necessario, al contrario, distinguere i due concetti di tecnica e ideologia quando si vuol pensare a un loro eventuale rapporto con il mito. Il termine 'tecnicizazioni del mito' indica un gruppo di particolari fraintendimenti, quasi sempre intenzionali, del mito. Se il concetto segnala il rischio che la sostanza manifesta del mito possa essere estrapolata e utilizzata per usi che la tecnicizzano, esso non è del tutto libero dal prestarsi a una estensione negativa del proprio significato. In questo caso tecnicizzazione del mito salda, in un unico nesso, lo scadimento di una pretesa esperienza originaria e le occasioni tipiche della comunicazione tecnica. In una tale ottica il cinema, e soprattutto il cinema di Lucas, sarebbe il luogo in cui la ripetizione, la serializzazione, la riproducibilità, in sostanza la tecnica, contrastano con le possibilità del mito.

Dalle teorie che individuano nel cinema una sfera strumentale dell'agire mitologico, gli ambiti del simbolico e del magico, vengono assegnati a una sfera d'esperienza irriducibile alla serie, al calco, alla coazione a ripetere. Al contrario, alla tecnica spetterebbe il destino di inserirsi in una sfera razionale e oggettiva. Manipolatrice e calcolatrice degli effetti, la disposizione razionale della tecnica è vista come limite e ostacolo in senso forte di ogni incursione nel dominio del mito, concepito quale voragine aperta sull'irrazionale, sugli imprevedibili residui dell'esistenza sociale.

È arrivato invece il momento del riconoscimento della razionalità e del pensiero mitico in un cinema esemplare come quello della serie di *Star Wars*, ristabilendone le reciprocità e le connessioni vitali che fanno di entrambi i protagonisti dell'esperienza sociale moderna. Le forme della comunicazione intersoggettiva, come può essere l'esperienza cinematografica, introducono la possibilità di sperimentare una complessità dovuta alla collocazione dell'individuo in un ambiente eterogeneo. Il mito è quindi una modalità conoscitiva che interviene correlativamente alla coscienza razionale in senso proprio. Non ridotta a una funzione separata, partecipa in primo luogo alla realizzazione di una intersoggettività fondante.

Schermo dalla realtà, il mito non ha però il potere di condurre l'uomo alla certezza di aver raggiunto una propria supremazia sulla dimensione del reale. È questa una delle forti motivazioni che sostengono la presenza costante, contemporanea, del mito nello scenario culturale e sociale delle culture umane.

Secondo Mircea Eliade, muovendo da una visione del mondo che possiamo definire spirituale, è possibile sostenere la tesi che il mito narri una vera e propria 'storia sacra', e, come tale, sia l'effettivo fondamento del reale all'interno della civiltà pre-moderna, ma anche post-moderna aggiungo, interpretandolo come tessuto di figurazioni simboliche manifestanti una serie di archetipi trascendenti e di principi di relazione tra l'uomo e la sua radice soprannaturale.

I miti descriverebbero, insomma, "le diverse, e talvolta drammatiche, irruzioni del sacro nel mondo". Descrive le storie come "modelli per il comportamento umano, [che], per questo stesso fatto, danno significato e valore alla vita".

Tracciando paralleli antropologici, egli e altri suggeriscono che miti e fiabe derivino da, o espressero simbolicamente, riti d'iniziazione o altri rites de passage, come la morte metaforica di un'individualità vecchia e inadeguata che serve a rinascere a un piano d'esistenza superiore.

Nell'ambito di una corrente di pensiero più tradizionalista, viene affermato invece che il mito sia ciò che, non essendo suscettibile di espressione diretta, può essere suggerito unicamente mediante una rappresentazione simbolica, verbale o figurativa. Il lieto fine della favola o del mito deve essere interpretato come una trascendenza dell'universale tragedia dell'uomo.

Il mondo oggettivo rimane qual è ma, per il soggettivo spostarsi dell'interesse, appare trasformato. Dove un tempo la vita e la morte erano in lotta, troviamo un essere durevole.

La tragedia è il frantumarsi delle forme e del nostro attaccamento alle forme, mentre la commedia esprime la selvaggia, spensierata, inesauribile gioia della vita. Essi sono perciò i termini di un unico tema mitologico: la discesa e l'ascesa, che insieme costituiscono il mistero della vita e che l'individuo deve conoscere se vuole essere purificato dal contagio del peccato e della morte.

Abbiamo nella narrazione tre tipi di organizzazione di miti e di simboli archetipici.

In primo luogo il mito non trasposto, che di solito tratta di dei o demoni e prende la forma di due mondi contrastanti di totale identificazione metaforica, l'uno desiderabile e l'altro indesiderabile.

A queste due forme di organizzazione metaforica vengono rispettivamente nominati apocalittici e demoniaci. In secondo luogo c'è la tendenza propria del romance, a suggerire schemi mitici impliciti in un mondo associato all'esperienza umana. In terzo luogo abbiamo la tendenza del realismo che pone l'accento sul contenuto e la rappresentazione piuttosto che sulla forma della storia.

Nel mito vediamo i principi strutturali della narrazione isolati; nel realismo vediamo i medesimi principi adattati a un contesto di plausibilità.

Il fatto che il mito operi al limite del desiderio umano non significa necessariamente che esso presenti il proprio mondo come raggiunto o raggiungibile dagli esseri umani.

Se ci atteniamo al principio per cui il significato o lo schema della narrazione è una struttura di immagini metaforiche con implicazioni concettuali, il mito, in termini di significato, è lo stesso mondo visto come un'area di libera e continua creazione.

È compito della mitologia e della favolistica indicare i pericoli e le tecniche del passaggio dalla tragedia alla commedia. Per questo gli avvenimenti sono fantastici e irreali: rappresentano dei trionfi mentali, non fisici. Anche quando la leggenda ha per protagonista un personaggio storico, le sue gesta si presentano non come rappresentazioni realistiche ma come sogni, poiché ciò che importa non è spiegare che questo o quel fatto sia accaduto veramente, ma che, prima che questo potesse essere realizzato, questo doveva compiere un determinato passaggio entro il labirinto di immagini che conosciamo nei nostri sogni.

Le fiabe sono indubbiamente il prototipo del racconto fantastico che attraverso la fantascienza è arrivato a influenzare e formare quella particolare branca della cinematografia contemporanea, definita di genere horror-fantasy; d'altra parte i contenuti delle fiabe discendono verosimilmente dai miti e dalle credenze religiose dell'antichità. Come è stato più volte accennato, sotto la struttura razionalistica o apparentemente tale della science-fiction, si cela indubbiamente un'inquietudine di natura mistico-religiosa.

È necessario allora opporre l'utopia mistico-religiosa e la fantascienza attraverso i loro aspetti immaginari, parlando di un 'immaginario trascendente' per la prima (il suo carattere religioso di 'progetto morale') e di un 'immaginario immanente' per la seconda (il suo carattere laico di 'progetto scientifico').

Che cosa s'intende, infatti, con religiosità dell'utopia classica? Significa il vagheggiamento di una natura, e di un rapporto dell'uomo con la natura come parte di essa, restituita a una purezza originaria (l'Età dell'Oro), nuovamente fondata, ma sulla base di una razionalità indiscutibile, ideale, che non può avere il suo fondamento che in Dio. L'immaginario dell'utopia è quindi un immaginario trascendentale. Quello della fantascienza, viceversa, è assolutamente legato a uno statuto d'immanenza. Esso non procede da un'idea originaria o ideale di natura, ma dalla realtà scientifica di essa.

È infatti piuttosto evidente che alla base della spinta creativa che ha determinato lo sviluppo della prima Trilogia vi sia una sorta di affermazione in termini cinematografici di un Altro-Altrove, tipica, come abbiamo già detto, della narrazione misterica.

Come conseguenza tale spinta rivela un'istanza mistica: diversamente, l'irruzione dell'elemento fantastico in una narrazione sembra nascondere l'inespresso desiderio e la volontà di essere riportati di fronte a quella sorta di altra-realtà che è la realtà della morte, dimensione sociale per eccellenza appartenente all'ambito religioso.

La morte in *Star Wars* compare costantemente e soltanto i maestri Jedi riescono a vincerla, a patto di fondersi con la natura, l'universo, attraverso la Forza. La natura è regolata e dominata dalla Forza: l'uomo può entrare in contatto con essa soltanto attraverso la Forza. Trascendenza è in questo caso significa il dominio della morte e della natura attraverso la Forza.

*Ben*

*Well, the Force is what gives the Jedi his power. It's an energy field created by all living things. It surrounds us and penetrates us. It binds the galaxy together.*[1]

---

1     ANH - Ben: La Forza è quella che dà al Jedi la possanza. E' un campo energetico creato da tutte le cose viventi. Ci circonda, ci penetra, mantiene unita tutta la galassia.

La Forza percepita da chi sviluppa o possiede un sesto senso è anche una fede religiosa: in effetti la Forza non è altro che la volontà di trascendenza dell'essere sulla natura (si esplica appunto attraverso il controllo mentale dell'uomo sulla natura).

L'inquietante filo rosso (la Forza) che attraversa tutte le pellicole è un continuo e costante richiamo alle enormi potenzialità nascoste e occulte dell'uomo, ai suoi poteri paranormali latenti che, sviluppati, permettono di conoscere e orientarsi nella realtà quotidiana.

*Ben*
*Remember, a Jedi can feel the Force flowing through him.*

*Luke*
*You mean it controls your actions?*

*Ben*
*Partially. But it also obeys your commands.*[2]

Così il mito della Forza che pervade con la sua presenza e tiene unite tutte le cose e gli esseri della galassia viene creato. Questo mito è l'alter-ego delle sofisticate tecnologie ostentate nelle tre pellicole mascherate da 'Medioevo spaziale'. La Forza, insomma, è l'elemento irrazionale dell'orizzonte del futuro che conquista e affascina come formidabili e razionali computer e quadri strumentali dell'universo futuribile e fantastico di *Star Wars*.

ANH è stato probabilmente il primo, e il più riuscito, tentativo del genere: il film, nella cui trama sono uniti temi consueti della letteratura d'avventura (l'eroe, la bat-

---

2      ANH – Ben: Ricordati che un Jedi può sentire la Forza scorrere dentro di lui. Luke: Vuoi dire che controlla le tue azioni? Ben: In parte. Ma inoltre ubbidisce ai tuoi comandi.

taglia dei due principi puri del bene e del male, la liberazione della principessa, temi d'altra parte tipici pure loro del mito e della fiaba) ad altri della fantascienza classica, ha il ruolo di collegare definitivamente nel cinema il genere d'avventura con la fantasy più spinta, il tutto fra il futuribile e la pseudo-religione.

*Motti*
*Any attack made by the Rebels against this station would be a useless gesture, no matter what technical data they've obtained. This station is now the ultimate power in the universe. I suggest we use it!*

*Vader*
*Don't be too proud of this technological terror you've constructed. The ability to destroy a planet is insignificant next to the power of the Force.*

*Motti*
*Don't try to frighten us with your sorcerer's ways, Lord Vader. Your sad devotion to that ancient religion has not helped you conjure up the stolen data tapes, or given you clairvoyance enough to find the Rebel's hidden fort...*

*Suddenly Motti chokes and starts to turn blue under Vader's spell.*

*Vader*
*I find your lack of faith disturbing.*[3]

---

3      ANH – Motti: Qualsiasi attacco portato dai ribelli contro questa stazione sarebbe una prodezza inutile, qualunque siano i dati tecnici che hanno ottenuto. Questa stazione adesso è l'estrema potenza dell'universo. Io propongo di usarla.
Vader: Non essere troppo fiero di questo terrore tecnologico che hai costruito. L'abilità di distruggere un pianeta è insignificante in

La fantascienza, perdendo il suo originario carattere verniano di anticipazione, ha fatto sì che a una visione scientifica dei fenomeni fisici se ne sostituisse una magica nelle sue storie. Non è dunque un caso il fatto che Todorov definisca la fantascienza come il moderno 'meraviglioso'.

In modo particolare *Star Wars* non si sottrae al processo di prevaricazione della magia sulla scienza, dell'irrazionale sul razionale; anche se, occorre ripeterlo, il discorso non è poi così semplicistico.

In sintesi diremo che in un periodo storico come il nostro, in cui tutti gli aspetti inquietanti, tutto il mistero dell'esistenza, sono stati rimossi e fatti uscire dalla porta da un senso comune che si pretende illuminato, non ci si deve stupire di constatare che quegli stessi contenuti siano rientrati dalla finestra. Il tutto magari sotto le apparenze di una forma moderna di fabula cinematografica in versione universale.

Ci troviamo in altri termini di fronte a una cinematografia che, esasperando le valenze mitiche contenute nella dimensione che concerne ogni rappresentazione cinematografica e compiendo allo stesso tempo operazioni quali il coniugare i miti contemporanei al simbolismo tradizionale, esprime l'indice narrativo di quella che potremmo definire una 'neo spiritualità', andando a costituire un elementare corpus dottrinale dove i messaggi simbolici appaiono spesso alterati rispetto al significato connesso alle immagini mitologiche origi-

confronto alla potenza della Forza. Motti: Non cercare di terrorizzarci con le tue teorie da stregone, Lord Fener. Il tuo deprecabile attaccamento a quell'antica religione non ti ha certo aiutato a far saltar fuori i nastri rubati, né ti ha dato la chiaroveggenza necessaria per scoprire la fortezza segreta dei ribelli... All'improvviso Motti inizia a soffocare e a diventare blu sotto l'incantesimo di Vader. Vader: Trovo insopportabile la tua mancanza di fede.

nali. I primi tre film della saga sono un ottimo esempio di come le categorie della prassi mitopietica (analogia formale con forme o contenuti tradizionalmente mitologici, citazione esplicita, citazione implicita di questi, come vedremo tra poco) possano trovarsi miscelate tra loro in perfetto equilibrio formale.

È nel suo conflitto con le forme che opera l'agnizione stessa del regista, il suo riconoscimento e identificazione nei personaggi e nella loro educazione sentimentale: personaggi usati come tramiti della sua educazione al cinema, creati per essere delle maschere sostitutive, degli intermediari di comodo, nel corso del suo transfert col cinema.

Questa strategia compensatoria, che delega alle risorse guaritrici di un mondo parallelo come il cinema, surrogato del mondo reale, la messa a fuoco e l'eventuale soluzione di contraddizioni, è assai sensibile. Non solo il film, o il solito film sul cinema, ma il film del cinema; l'immagine di quel sistema d'immagini che si mimetizza e vive da parassita alle spalle della realtà fotografata, e sulla base di tale mistificazione coordina e concerta in astratto qualcosa che è per sua natura pellicolare, irreale, non più esistente.

Nelle figure e nei temi che analizzeremo, si ha una prima conferma dell'eterogenea collocazione della coppia mito-mitologia evidenziata da Marcel Detienne: in primo luogo la pellicola chiama in causa lo statuto stesso del mito; poi, sposta il rapporto mito-mitologia al di fuori non solo della scena autenticamente parlata ma anche della scena esclusivamente vissuta.

Il suo terreno vede coesistere voce e figura, dialogo e immagine, moto e stasi, tempi statici e accelerazioni dello spazio. E ancora, nella produzione del mito e nella formazione di una mitologia si dà una ricerca del senso, di tipo filosofico e teoretico, nei tre modi indicati dallo stesso Detienne: 1) al loro interno: è il caso delle sceneggiature, che sperimentano forme di laboratorio della audiovisione del mito; 2) fuori da sé: è il caso dell'appropriazione spontanea di miti da parte del pubblico, che, proprio nel caso di *Star Wars*, ha visto una partecipazione come mai prima d'ora ; 3) attraverso se stessi: nella filigrana dello specifico linguaggio proprio del mezzo viene a instaurarsi un rapporto profondo, allegorico e metaforico, con quanto vi è d'inesprimibile nel vissuto individuale o nelle configurazioni simbolico e normative della società.

Nella prima Trilogia l'autocomprensione del soggetto si ritaglia nella competenza generativa del dinamismo interno al linguaggio cinematografico. Il dinamico scorrere delle immagini e delle parole converge con una proiezione che getta l'individuo sul crinale della formazione di un linguaggio riflesso, autoprodotto dallo spettatore. Ciò determina l'avverarsi del mito.

L'attività dello sguardo e la tensione percettiva diretta dalla proiezione audiovisiva sono coinvolte nell'indicazione estrema di un non-dicibile: ai sensi è permesso di sperimentare un limite, dovuto all'impossibilità di percepire e di "vivere" la morte, l'incombenza del reale.

L'attraversamento del tema dell'eroe in *Star Wars* rende evidente la produttività fantasmatica del rapporto vita-morte nell'evoluzione e nelle strutture narrative del ciclo. Al loro interno i repertori tradizionali del mito sono rilanciati su frequenze definite da ripetitività, condensazioni e sincretismi.

Nei film della serie, la soggettiva scinde subito l'identificazione in una pluralità di forme di proiezione dello sguardo. Le molteplici relazioni, oggettivo, soggettivo, interno, esterno, schermo, sala, pubblico, campo e fuoricampo, figura e movimento, rappresentano la sezione d'impatto dei codici con il senso a essi forniti dall'attiva cooperazione dello sguardo. Sguardo che non è mai fisso, cambia, disloca, mette radici in diversi luoghi, su tempi slittati.

Il mito costituisce l'origine del processo di autocomprensione dell'individuo. Nel caso di *Star Wars*, l'oggetto del mito, la sostanza e l'esperienza a cui attinge, coincide con la sorgente semantica, il nucleo del mezzo di comunicazione. Lo spettatore del film partecipa a un'esperienza che sorge e pulsa con la spontaneità e il disinteresse necessari a una autentica epifania.

Il cinema di Lucas, macchina comunicativa decisamente ibrida, si salda tutt'uno con un corpo individuale e collettivo, organico e culturale che, per intero, fa sentire il carico della sua storia e della sua memoria.

La condizione paradossale della Trilogia di *Star Wars* è che non rifà il mito, ma lo riforma nella contemporaneità costruendone la storia nella risonanza dei legami col passato.

La sostanza del mito non sta solo nello stile, nel modo di narrazione, o nella sintassi, ma anche e soprattutto nella storia che sta raccontando. Il mito è linguaggio, ma un linguaggio che agisce a un livello estremamente elevato, e in cui il senso riesce a prendere forma soltanto dal fondamento linguistico che lo crea.

Il mito si definisce in base a un sistema temporale, che combina le proprietà degli altri due: un mito si avvicina sempre ad avvenimenti passati; 'prima della creazione del mondo', o 'nelle prime età', ma, in ogni caso, 'tanto tempo fa'.

*"A long time ago in a galaxy far, far away..."*

Ma il valore intrinseco attribuito al mito dipende dal fatto che questi avvenimenti formano anche una struttura permanente. L'indeterminatezza temporale e l'esclusione del presente determinano una concezione della Storia di tipo metafisico-universale: le leggi che regolano l'andamento della storia sono valide dappertutto, in ogni luogo, in ogni tempo.

Quest'ultima si riferisce simultaneamente al passato, al presente e al futuro. La duplice struttura, storica e astorica nello stesso tempo, spiega come il racconto mitologico debba allo stesso tempo dipendere dall'ambito della parola e da quello della lingua pur offrendo, a un terzo livello, lo stesso carattere di oggetto assoluto. Anche questo terzo livello è dotato di una natura linguistica, ma va comunque distinto dagli altri due.

Se, seguendo lo schema approntato da Lévi-Strauss, vengono concessi questi tre punti avremo due conseguenze estremamente importanti: primo, come ogni essere linguistico, il mito è formato di unità costitutive e, secondo, tali unità costitutive implicano la presenza di quelle che intervengono normalmente nella struttura della lingua, ossia i fonemi, i morfemi e i semantemi.

Se ammettiamo, infatti, che le vere unità costitutive del mito non sono le relazioni isolate, ma gli intrecci delle relazioni, solo nella forma di combinazioni di questi intrecci le unità costitutive acquistano una funzione significante.

Secondo la proposta di Claude Lévi-Strauss le relazioni che provengono dagli intrecci possono apparire a intervalli lunghi, quando ci si pone in una prospettiva diacronica, ma, se riusciamo a ristabilirle nel loro raggruppamento naturale, si giunge a organizzare il mito in funzione di un sistema di riferimento temporale di tipo nuovo, tale da soddisfare le esigenze dell'ipotesi di partenza. Tale sistema è infatti a due dimensioni, diacronica e sincronica, per cui riunisce le proprietà caratteristiche della lingua e quelle della parola.

Applicando sistematicamente questo metodo di analisi strutturale si riesce a ordinare tutte le variabili di un mito e il suo impiego nella Trilogia di *Star Wars* in una serie, formando una specie di gruppo di permute, in cui le varianti della serie offrono una struttura simmetrica ma inversa, che analizzeremo in seguito.

S'introduce allora un principio di ordine là dove non c'era che confusione, raggiungendo l'ulteriore vantaggio di mettere in risalto alcune operazioni logiche che stanno alla base del pensiero mitico.

Ora, ciò che differenzia un lavoro come *Star Wars* dal precedente e successivo cinema fantastico, è l'enorme uso di elementi tratti in modo più o meno consapevole dalla fiaba popolare, dalla mitologia e anche dalla iconografia delle tradizioni religiose e misteriche.

Questa tendenza, più o meno conscia appunto, da un lato ripropone, debitamente riveduti, i topoi della mitologia tradizionale; dall'altro, fatto forse ancora più interessante, resuscita nel proprio immaginario stilemi tipici di quadri esistenziali, apparentemente lontani dalla religiosità contemporanea.

A questo proposito dirigiamo proprio la nostra attenzione sul fenomeno della transfunzionalizzazione del mito nell'area del cinema in oggetto, approfondendo l'identificazione precisa di alcuni degli elementi simbolici presenti, la loro possibile interpretazione, l'uso che se ne fa Lucas e il significato complessivo che questi fenomeni possono rivestire.

Non ci resta dunque che seguire una moltitudine di eroi lungo i convenzionali sentieri dell'avventura universale e vedere ogni volta come la sua figura sia stata invece affrontato nell'universo mitologico di *Star Wars*.

Il primo grande stadio dell'avventura, quello della separazione o partenza sarà presentato, dopo una sorta di introduzione alle 'guerre stellari', nel secondo capitolo che sarà diviso in cinque sezioni: 1. l'appello, o gli avvertimenti dati all'eroe perché comprenda qual è la sua vocazione e il suo dovere; 2. il rifiuto all'appello; 3. l'aiuto inatteso dal mondo del soprannaturale; 4. il varco della prima soglia; e 5. il ventre della balena, o il passaggio nel regno dell'oscurità.

Lo stadio delle prove e delle vittorie dell'iniziazione sarà presentato nel capitolo terzo, diviso in sei sezioni: 1. la strada delle prove; 2. l'incontro con la dea; 3. la donna quale tentatrice; 4. la riconciliazione con il padre; 5. l'apoteosi; e 6. l'ultimo dono.

Il ritorno e il reinserimento nella società, che è indispensabile per la continua circolazione dell'energia spirituale nel mondo e che, dal punto di vista della comunità, giustifica il lungo ritiro, può rappresentare per l'eroe la prova più difficile. S'egli infatti ha raggiunto, come il Buddha, la perfetta pace data dalla onnisciente saggezza, può accadere che in questo stato beato dimentichi e perda ogni interesse e speranza per i dolori del mondo, o che il problema di far conoscere agli uomini assillati da problemi pratici la via della saggezza gli appaia insolubile. Se, d'altra parte, l'eroe, anziché sottoporsi a tutte le prove di iniziazione, raggiunge direttamente lo scopo (con la frode, la violenza o la fortuna) e ruba il bene dell'umanità cui mirava, le forze di cui ha infranto l'equilibrio possono reagire con tale violenza da distruggerlo, crocifiggerlo come Gesù o Prometeo alla roccia del proprio inconscio violato. Se, in terza ipotesi, l'eroe fa ritorno di propria volontà, può incontrare fra coloro che è venuto a soccorrere una tale incomprensione e un tale disprezzo da rendere vano ogni suo sforzo.

Nel quarto dei capitoli che seguono si concluderà la discussione di questi prospetti; sarà diviso in sei sezioni: 1. il rifiuto a ritornare nel mondo del reale; 2. la fuga magica; 3. l'aiuto esterno; 4. il varco della soglia del ritorno; 5. il Signore dei due mondi; e 6. la libertà di vivere.

# PARTE III

## IL VIAGGIO DELL'EROE

### III.1 Introduzione alle "guerre stellari"

*"A long time ago in a galaxy far, far away..."*

La struttura classica dell'avventura dell'eroe, anche nel caso di *Star Wars*, può essere riassunta nel seguente schema: l'eroe mitologico, partendo dalla capanna o dal castello in cui vive, è attratto, trascinato, o procede di sua volontà verso la soglia dell'avventura dove incontra un'ombra che sta a guardia del passaggio. L'eroe può sbaragliare o placare questa potenza ed entrare vivo nel regno delle tenebre, o essere ucciso dall'avversario e discenderne da morto.

Oltre la soglia, l'eroe si avventura in un mondo di forze sconosciute, seppur familiari, alcune delle quali lo minacciano e lo mettono alla prova, mentre altre gli danno un inaspettato aiuto magico. Al culmine dell'azione, affronta la prova suprema e ne ricava un premio, anche simbolico. Il trionfo può essere rappresentato dall'unione sessuale dell'eroe con la dea-madre del mondo (per definizione, un matrimonio sacro), dal riconoscimento da parte del padre-creatore (riconciliazione col padre), dalla sua stessa divinizzazione (apoteosi), o anche, se le potenze gli sono state avverse, dal furto del premio che era venuto a guadagnarsi (il ratto della sposa, il furto del fuoco); intrinsecamente è un'espansione della conoscenza e quindi dell'essere (illuminazione, trasfigurazione, libertà). L'ultimo compito dell'eroe è il ritorno. Se le potenze hanno benedetto l'eroe, questi si avvia sotto la loro protezione; in caso contrario, fugge ed è inseguito. Sulla soglia del ritorno, le potenze trascendentali debbono fermarsi; l'eroe riemerge dal regno del terrore (resurrezione). Il premio che porta ristorerà il suo mondo.

"La vita umana, nelle caverne o a New York, passa attraverso le stesse fasi: l'infanzia, la maturità sessuale, la transizione dalla dipendenza infantile alla responsabilità adulta, il matrimonio, il declino del corpo, la graduale perdita di forze e infine la morte. Hai lo stesso corpo e le stesse esperienze corporee, quindi reagisci alle stesse immagini. Ad esempio, un'immagine ricorrente è quella del conflitto fra l'aquila e il serpente. Il serpente è legato alla terra, l'aquila al volo dello spirito: non è forse un conflitto che tutti noi sperimentiamo? E poi, quando i due esseri si amalgamano, appare un meraviglioso drago, un serpente con le ali. La gente comprende queste immagini in tutto il mondo. Che io legga un mito polinesiano, irochese o egiziano, le immagini sono le stesse e mi parlano degli stessi problemi. È come se la stessa rappresentazione fosse portata da un posto all'altro e in ogni luogo gli attori indossassero i costumi locali, recitando però sempre lo stesso vecchio copione".[1]

---

1        Joseph Campbell, Il potere del mito, Tea, 1994, p. 61.

Come vedremo, i mutamenti apportati al monomito fondamentale sono infiniti. Molte favole isolano e ingrandiscono uno o due elementi tipici dell'intero ciclo, altre riuniscono numerosi cicli indipendenti in un'unica serie (ad esempio nell'*Odissea*). Personaggi e episodi diversi possono fondersi in uno, o un singolo elemento può moltiplicarsi e riapparire in svariate forme.

La struttura dei miti e delle favole subisce molto spesso delle alterazioni. I tratti più arcaici vengono eliminati o modificati, mentre gli elementi di importazione vengono revisionati e adattati al paesaggio, ai costumi, alle credenze locali, e da questo processo ne escono trasformati. Inoltre, nelle innumerevoli ripetizioni d'una storia, sono inevitabili gli spostamenti incidentali o intenzionali: per gli elementi che sono diventati, per una ragione o l'altra, privi di significato, vengono proposte differenti interpretazioni.

Il principio fondamentale di tutte le mitologie è quello dell'inizio nella fine. I miti della creazione sono pervasi dall'incubo del fato che richiama continuamente tutte le forme create nell'eternità dalla quale sono uscite. Le forme che ne derivano sono piene di forza, ma inevitabilmente, raggiunto l'apogeo, si spezzano e ritornano. La mitologia, sotto questo aspetto, è tragica. Ma poiché colloca il nostro vero essere non nelle forme che si disintegrano, ma nell'eternità da cui esse riemergono, è da considerarsi eminentemente anti-tragica.

Il primo effetto delle emanazioni cosmogoniche è l'inquadramento dello spazio; il secondo, la produzione della vita nello spazio-mondo inquadrato. Il movimento rotatorio del ciclo cosmogonico provoca il frazionamento dell'Uno nei molti. Si verifica cioè una grande crisi, una frattura che divide il mondo creato in due piani apparentemente contraddittori:

*A vast sea of stars serves as the backdrop for the main title.*
*War drums echo through the heavens as a roll-up slowly*
*crawls into infinity.*
*It is a period of civil war. Rebel spaceships, striking from*
*a hidden base, have won their first victory against the evil*
*Galactic Empire.*
*During the battle, Rebel spies managed to steal secret*
*plans to the Empire's ultimate weapon, the Death Star, an*
*armored space station with enough power to destroy an*
*entire planet.*
*Pursued by the Empire's sinister agents, Princess Leia*
*races home aboard her starship, custodian of the stolen*
*plans that can save her people and restore freedom to the*
*galaxy...* [2]

Nella mitologia il Creatore è il centro dell'attenzione, e il miracolo della formazione dell'universo è l'espressione della sua volontà. Gli elementi si condensano e si mettono in azione spontaneamente o alla più piccolo cenno di questo Creatore; le parti dell'uovo cosmico si ricompongono senza bisogno di aiuto.

Ma quando la prospettiva cambia e mette gli esseri viventi al centro, quando cioè viene considerato il punto di vista dei personaggi destinati ad abitare il mondo,

---

2      ANH - Un vasto mare di stelle fa da sfondo per il titolo principale. tamburi di guerra risuonano attraverso i cieli come un roll-up striscia lentamente verso l'infinito. È un periodo di guerra civile. Navi spaziali ribelli, colpendo da una base segreta, hanno ottenuto la loro prima vittoria contro il malvagio impero galattico. Durante la battaglia, spie ribelli sono riuscite a rubare i piani segreti dell'arma decisiva dell'Impero, la MORTE NERA, una stazione spaziale corazzata di tale potenza da poter distruggere un intero pianeta. Inseguita dai biechi agenti dell'Impero la principessa Leila sfreccia verso casa a bordo della sua aeronave stellare, custode dei piani rubati che possono salvare il suo popolo e ridare la libertà alla galassia...

allora interviene una trasformazione che oscura la scena cosmica. Le forme del mondo non si muovono più in armonia, ma diventano complicate, fuggevoli, restie. Devono allora essere sistemate per metterle nella forma desiderata.

Siamo dunque di fronte a due tipi di mito. Secondo l'uno, le forze demiurgiche continuano a funzionare da sole; secondo l'altro, abbandonano l'iniziativa e persino si oppongono all'ulteriore progresso del ciclo cosmogonico. Questo motivo è per esempio ripreso da Esiodo nel racconto sulla separazione di Urano da Gaia (Madre Terra): nella versione greca il titano Crono evira il padre Urano con un falcetto durante il sonno.

In questo sta il fondamentale paradosso del mito, quello del duplice punto di vista: il Singolo si fraziona nei molti, il mondo è visto come un'armonia di forme che prendono vita, esplodono e si dissolvono. Ma ciò che sentono le creature che passano velocemente, è una tremenda cacofonia di grida di dolore. I miti non negano quest'agonia; essi rivelano la pace essenziale che è in essa, dietro di essa e attorno a essa.

Il problema è costituito dal mondo della vita umana. Guidato dal giudizio pratico dei re e dagli insegnamenti dei sacerdoti, il campo della conoscenza si contrae talmente che le grandi linee della commedia umana si perdono in un intrico di contraddizioni. La prospettiva degli uomini diventa piatta e comprende soltanto le superfici tangibili e illuminate dell'esistenza. La vista delle profondità è preclusa. Si perde di vista la forma significativa dell'agonia umana. La società cade nell'errore e nella rovina.

   *"... And in the time of greatest despair there shall come a savior, and he shall be known as: THE SON OF THE*

È questo un tema costante nel mito, una nota comune nelle voci dei profeti. Gli uomini invocano l'avvento di un essere che, in un mondo di corpi e di anime contorti, presenti di nuovo i lineamenti dell'immagine incarnata. Ricordiamo che il titolo completo del primo film della serie è "*Star Wars: A New Hope*", dove la 'nuova speranza' sta a indicare l'avvento del Salvatore della galassia, facilmente identificabile con il Messia della tradizione cristiana.

E in questo convergere di elementi tipici della mitologia di ogni tempo, è facile isolarne un gruppo particolarmente significativo rispetto la nostra indagine: innanzitutto, vediamo nella battaglia tra i due gruppi nemici il riaffiorare dell'archetipo della contrapposizione delle forze cosmologiche, così come è figurata dall'epica mitologica tradizionale indù, nello scontro dei due eserciti, rispettivamente celesti e infernali, dei Deva, gli dei luminosi, e degli Asura, i demoni asserviti alle forze dell'oscurità. In altri termini in questi film si combatte una sorta di 'guerra sacra', quella stessa definita jihad dalla tradizione islamica. Inoltre, proprio il fatto che la battaglia si svolga nel cielo, inteso nella accezione di luogo soprannaturale che abbiamo già incontrato, ci indica che lo scontro ha luogo in una sorta di mondo spirituale, e che vede come attori esseri o istanze trascendenti.

*The princess' arrival on Opuchi is celebrated by a huge parade, honoring the general and his small band. The*

---

3        *The Adventure of the Starkiller.* (Episode one): "The Star Wars" – E nel momento di maggior sconforto verrà un Salvatore, e sarà conosciuto come : il Figlio dei Soli. Journal of the Whills, 3: 127

*princess' uncle, ruler of Opuchi, rewards the bureaucrats, who for the first time see the princess revealed as her true goddess-like self. The general commissions the 'boy rebels' into the princess' special guard. After the ceremony is over, and the festivities have ended, the drunken bureaucrats stagger down an empty street arm in arm realizing that they have been adventuring with demigods.[4]*

Se studiamo attentamente la precisa sequenza del primo attacco alla Death Star, in ANH, possiamo osservare la presenza di dodici piloti dell'Alleanza ribelle, aiutati, sul finale, da Han Solo. Viene così a riproporsi il classico schema del 12+1, schema simbolico presente in tantissime tradizioni: Gesù e gli apostoli, re Artù e i Cavalieri della Tavola Rotonda, i segni zodiacali e la Luna, ecc. Ecco la lista dei tredici personaggi: Red Leader (Garven Dreis), Red Two (Wedge Antilles), Red Three (Biggs Darklighter), Red Five (Luke Skywalker), Red Six (Jek Porkins), Red Seven, Red Nine, Red Ten, Red Eleven, Gold Leader (Jon Vander, Dutch), Gold Two (Tiree), Gold Five, e appunto Han Solo.

Questo discorso ci permette di introdurne un altro, basato sulla definizione di eroe. In *Star Wars*, come in molti altri miti, assistiamo, per effetto di ridondanza, alla presenza di molte figure eroiche, o meglio della frammentazione di una singola figura di eroe. Quindi,

---

4      L'arrivo della principessa su Opuchi è celebrato con una grande parata, per onorare il generale e il suo piccolo gruppo. Lo zio della principessa, sovrano di Opuchi, premia i burocrati, che per la prima volta la vedono nella sua rivelazione quale dea. Il generale inquadra i giovani ribelli quali guardie speciali della principessa. Al termine della cerimonia, quando i festeggiamenti sono finiti, i burocrati ubriachi barcollano sottobraccio per la strada vuota, rendendosi conto che sono stati a contatto con dei semidei. (The Star Wars. Story synopsis)

quando analizzeremo il viaggio dell'eroe all'interno di *Star Wars* e in una moltitudine di miti, il discorso potrà essere allargato a vari personaggi: Luke Skywalker, sua sorella gemella Leia Organa, Han Solo, Lando Calrissian, che nel terzo film guiderà il Millenium Falcon nel tentativo di distruggere la seconda Death Star.

In secondo luogo il giovane eroe, il cui nome, come spesso avviene nei racconti mitici, è verosimilmente indicativo di una caratteristica spirituale ("Skywalker" significa, letteralmente, 'colui che cammina nel cielo') , rappresenta Parsifal, il 'puro di cuore' conquistatore del Sacro Graal del ciclo bretone.

Joseph Campbell ci ricorda come tra i Canaanei della città di Ugarit, ad esempio, sul finire dell'età del Bronzo, avessero raccolto in un ciclo di poemi la narrazione dei conflitti e la tragica crisi iniziale che il dio Baal, il 'cavalcatore delle nubi', aveva dovuto affrontare per piegare due forze caotiche primordiali rappresentate da Yam, il 'Mare', e Mot, la 'Morte', cioè per regolare il potere straripante delle acque marine e fluviali e quello altrimenti insaziabile della morte.

Abbiamo invece nella figura di Darth Vader una palese citazione, visto anche il suo ruolo di guida dello stato maggiore dell'Impero, di un servitore di quel principe di questo mondo, il demonio, di cui ci narra la tradizione cristiana.

L'escatologia religiosa di ogni popolo si situa sempre in un teatro celeste, e le teofanie hanno ugualmente l'origine delle loro discesa in questo stesso luogo: ciò è particolarmente chiaro quando non si pensi tanto alle persone profetiche, quanto a quei segni che le testimoniano, come nel caso, in ambito cristiano, della stessa cometa che annuncia la nascita del Cristo, o della colomba raffigurante la discesa dello Spirito Santo; oppure, nell'Islam, della pietra nera della Ka'ba, il meteorite sacro della tradizione abramica. Basti pensare al ruolo che riveste l'idea d'illuminazione spirituale nelle tradizioni orientali, nei cui testi viene spesso descritto addirittura il cromatismo di luci che il monaco sperimenta durante l'ascesi, o, in ambito cristiano, all'assimilazione della luce al Verbo stesso, attestata dal Vangelo di Giovanni. A questo proposito, vedere le vesti di Luke Skywalker in ANH. Indossa abiti bianchi da contadino, mentre la tuta da aviatore della Ribellione è color arancio: bianco e arancione sono due colori cari alla tradizione cristiana, e sono abbinati alle gerarchie angeliche. Ricordiamo infatti che il nome Luke sta per 'luce'.

*EXT. TATOOINE - DESERT WASTELAND - DAY*
*A death-white wasteland stretches from horizon to horizon. The tremendous heat of two huge twin suns settles on a lone figure, Luke Skywalker, a farm boy with heroic aspirations who looks much younger than his eighteen years. His shaggy hair and baggy tunic give him the air of a simple but lovable lad with a prize-winning smile.*
*A light wind whips at him as he adjusts several valves on a large battered moisture vaporator which sticks out of the desert floor much like an oil pipe with valves. He is aided by a beat-up tread-robot with six claw arms. The little robot appears to be barely functioning and moves with jerky motions. A bright sparkle in the morning sky catches Luke's eye and he instinctively grabs a pair of electrobinoculars from his utility belt. He stands transfixed for a few moments studying the heavens, then dashes towards his dented, crudely repaired landspeeder (an auto-like transport that travels a few feet above the ground on a magnetic field). he motions for the tiny robot to follow him.[5]*

---

5 ANH, scena tagliata in fase di montaggio - ESTERNO TATO-

Rammento brevemente come il cristianesimo assimili il cielo alla sede del Padre, e, di conseguenza, del paradiso, quando quella giudaica afferma che 'il cielo è il trono di Dio e la terra il suo sgabello'; analogamente l'Islam parla di 'sette cieli' che starebbero fra la terra e il trono di Allah. Strettamente legata al viaggio iniziatico è l'immagine mitica del volo, facilmente rintracciabile nell'intero corpus dei miti, dove si può trovare accostata al concetto di ascensione; essa è pure passata alla fiaba sotto la specie del 'volo del drago', sul 'tappeto volante' o sul 'cavallo alato', della strega sulla scopa, della Scala di Ezechiele.

La contrapposizione dialettica fra cielo e terra è ugualmente presente nelle dottrine dell'Estremo Oriente: il taoismo afferma che 'il cielo copre, la terra sostiene', dove il primo di questi due termini, come yang, principio cosmologico attivo, maschile ed essenziale, si contrappone al secondo, yin, passivo, femminile e sostanziale. Nell'induismo, prendono rispettivamente i nomi di Purusha e Prakriti.

---

OINE – DESOLAZIONE DESERTICA - GIORNO
Un deserto di morte bianca si estende da orizzonte a orizzonte. L'enorme calore di due enormi soli gemelli si deposita su una figura solitaria, Luke Skywalker, un ragazzo di campagna con aspirazioni eroiche che sembra molto più giovane dei suoi diciotto anni. I suoi capelli spettinati e la larga tunica gli danno l'aria di un ragazzo semplice, ma amabile, con un sorriso che conquista. Un vento leggero lo coglie mentre regola le valvole di un grande Estrattore di Umidità malconcio che sporge dal terreno desertico, simile a una pompa con le valvole. E' aiutato da un servo-robot con sei braccia. Il piccolo robot sembra essere a malapena funzionante e si muove con movimenti a scatti. Un bagliore nel cielo del mattino cattura l'attenzione di Luke, che afferra istintivamente un paio di elettro-binocoli dalla cintura. Per qualche istante resta sorpreso, studiando il cielo, poi si precipita verso il suo landspeeder ammaccato malamente riparato (un mezzo di trasporto che viaggia a pochi piedi sopra la terra su un campo magnetico). Fa cenno al piccolo robot di seguirlo.

La tradizione ermetica omologa il cielo all'elemento sottile e volatile della materia prima dell'opera, da separare, nel corso del procedimento alchemico, da quello spesso e pesante, la terra; sempre in alchimia, l'unione di questi due elementi, purificati dalla decantazione, produce l'androgine ermetico, e prefigura lo stesso compimento dell'opera.

Ancora, i popoli a cultura sciamanica adoravano, come principio supremo, un grande dio celeste il cui stesso nome, spesso, è il medesimo usato per designare il cielo, o a cui, comunque, nelle lingue uraliche, altaiche e paleo-siberiane, si riconnette chiaramente: possiamo citare il Num dei samojedi (da num, cielo), il Buga dei tungusi (da buga, cielo) o il Tangri dei mongoli (da tangri, cielo), come esempi di una lista che potrebbe essere lunghissima.

Comunque si presenti, a qualunque tradizione si faccia riferimento, la caratteristica distintiva di quest'essere risiede nello svolgere la funzione di intermediario fra il cielo e la terra, fra il divino e l'umano.

Valga ricordare, per quanto riguarda il cristianesimo, il ruolo centrale che riveste nella storia sacra l'annunciazione a Maria; per quanto concerne l'Islam è noto, ad esempio, il fatto che la discesa del testo sacro del Corano, avviene attraverso la mediazione dell'angelo Gabriele.

*EXTERIOR: HOTH - SNOW DRIFT - DUSK*
*Luke lies face down in the snow, nearly unconscious.*
*Slowly he looks up and sees Ben Kenobi, barely visible*
*through the blowing snow. It is hard to tell if Kenobi is*
*real or a hallucination.*

*Ben*
*Luke... Luke.*

*Luke: (weakly)*
*Ben?*

*Ben*
*You will go to the Dagobah system.*

*Luke*
*Dagobah system?*

*Ben*
*There you will learn from Yoda, the Jedi Master who*
*instructed me.*

*The image of Ben fades, revealing a lone Tauntaun rider*
*approaching from the windswept horizon.* [6]

Non a caso, nel secondo e nel terzo film, Obi-Wan
Kenobi appare sempre in forma di spirito per consigliare
al meglio il giovane Skywalker.

L'idea cristiana di angelo custode ci rimanda anche a
un simbolismo di reggenza del mondo da parte di un
essere celeste (*'angelus movet stellam'*, come affermava
san Tommaso d'Aquino), la cui capacità di volare conferma la sua dignità di abitante dei mondi ultraterreni;
viceversa, quando come angelo caduto riceve la forma di

---

6      ESB - ESTERNO: HOTH – RADURA INNEVATA -
CREPUSCOLO
Luke si trova a faccia in giù nella neve, quasi privo di sensi.
Lentamente alza lo sguardo e vede Ben Kenobi, appena visibile
attraverso la neve che soffia . E' difficile dire se Kenobi è reale o
un'allucinazione. Ben: Luke... Luke... Luke: Ben? Ben: Tu andrai al
sistema Dagobah. Luke: Sistema Dagobah? Ben: Là sarai istruito
da Yoda, il grande Maestro Jedi che insegnò a me. L'immagine di
Ben svanisce, rivelando un solitario Tauntaun avvicinarsi dall'o-
rizzonte spazzato dal vento.

serpente, non fa che suggerirci il carattere terrestre degli inferi. Si vengono così a individuare i mondi celesti o infernali delle mitologie, nonché quegli spazi intermedi, che rappresentano altrettante diversificazioni, funzionali ai vari sistemi simbolici, di queste stesse forme del mondo dell'immaginario. Aggiungo che nelle culture sciamaniche l'universo viene concepito come una struttura ripartita in tre piani, (cielo, terra e inferi), collegati fra loro da un asse centrale.

Il primo compito dell'eroe è quello di sperimentare consciamente gli stadi precedenti del ciclo cosmogonico; di risalire attraverso le epoche dell'emanazione. Il suo secondo compito è quello di ritornare dall'abisso al piano della vita contemporanea e di diventare quindi un trasformatore umano di potenziali demiurgici. Gli atti dell'eroe nella seconda parte del suo ciclo personale sono proporzionati alla profondità della discesa compiuta nella prima parte.

La tradizione cinese riferisce che quando la terra si solidificò e gli uomini si stabilirono lungo le rive dei fiumi, Fu Hsi, 'l'Imperatore Divino', governò su di loro. Insegnò loro a pescare con la rete, a cacciare e ad allevare animali domestici, divise il popolo in clan e istituì il matrimonio. Da una tavoletta soprannaturale che gli era stata affidata da un mostro in forma di cavallo coperto di scaglie, uscito dalle acque del fiume Meng, il re trasse gli Otto Diagrammi, che sono tuttora i simboli fondamentali del pensiero cinese. Era nato da un concepimento miracoloso dopo una gestazione di dodici anni e il suo corpo era quello di un serpente con braccia umane e testa di bue.

L'eroe-uomo, al contrario, deve discendere per stabilire una relazione con l'infraumano. Questo è, come abbiamo visto, il senso dell'avventura dell'eroe.

Ma i creatori delle leggende raramente si sono accontentati di considerare i grandi eroi del mondo come semplici esseri umani che superano gli orizzonti che limitano i loro simili e ritornano con doni che qualsiasi uomo di uguale fede e coraggio avrebbe potuto conquistare.

C'è sempre invece la tendenza ad attribuire all'eroe, fin dalla nascita o anche dal momento del concepimento, dei poteri straordinari. La vita dell'eroe viene presentata come un susseguirsi di meraviglie e culmina con la grande avventura. Questo concorda con il principio che la condizione di eroe sia essenzialmente predestinata, e non semplicemente acquisita, e pone il problema della relazione della biografia con il carattere.

Re Sargon di Agade (c. 2550 a.C.) nacque da una madre di umili condizioni. Non si sapeva chi fosse suo padre. Abbandonato in un paniere di giunchi sulle acque del fiume Eufrate, fu trovato da un fattore, Akki, che lo allevò e ne fece il proprio giardiniere. La dea Ishtar protesse il giovane, che divenne così re e imperatore, celebrato come il dio vivente.

Chandragupta (IV sec. a.C.), fondatore della dinastia indù Maurya, fu abbandonato in una giara di argilla sulla soglia di una stalla. Un pastore trovò il bambino e lo allevò. Un giorno, mentre con i compagni giocava a fare il Grande Re sul Trono del Giudizio, il piccolo Chandragupta ordinò che ai peggiori delinquenti si tagliassero le mani e le braccia; poi, a una sua parola, le membra amputate ritornarono immediatamente al loro posto. Un principe che passava, osservato il gioco miracoloso, comperò il fanciullo e scoprì a casa, da evidenti particolarità fisiche, che era un Maurya.

Papa Gregorio Magno (540-604 d.C.) nacque da due

nobili gemelli che, istigati dal diavolo, avevano commesso un incesto. La madre pentita lo abbandonò in mare in un canestro. Fu trovato e allevato da dei pescatori, e all'età di sei anni fu mandato in convento perché diventasse prete. Ma egli sognava una vita più avventurosa. Salì su una barca e fu miracolosamente trasportato nel paese natale dei genitori, dove conquistò la mano della regina, che si scoprì poi essere sua madre. Dopo la rivelazione di questo secondo incesto, Gregorio trascorse diciassette anni incatenato a una roccia in mezzo al mare. Le chiavi delle catene furono gettate in acqua, ma quando furono ritrovate nel ventre di un pesce, il fatto venne considerato come un segno della provvidenza: il penitente fu condotto a Roma e col tempo venne eletto Papa.

In ciascuna di queste biografie ritroviamo il tema variamente razionalizzato dell'esilio e del ritorno del bambino. È questo un tratto saliente di tutte le leggende, i racconti popolari e i miti.

*Ben*
*You cannot escape your destiny. You must face Darth Vader again.*

*Luke*
*I can't kill my own father.*

*Ben*
*Then the Emperor has already won. You were our only hope.*

*Luke*
*Yoda spoke of another.*

*Ben*
*The other he spoke of is your twin sister.*

*Luke*
*But I have no sister.*

*Ben*
*Hmm. To protect you both from the Emperor, you were hidden from your father when you were born. The Emperor knew, as I did, if Anakin were to have any offspring, they would be a threat to him. That is the reason why your sister remains safely anonymous.*

*Luke*
*Leia! Leia's my sister.*

*Ben*
*Your insight serves you well. Bury your feelings deep down, Luke. They do you credit. But they could be made to serve the Emperor.*[7]

Le favole popolari in genere sostengono o soppiantano il tema dell'esilio con quello dell'essere disprezzato e

---

7 ROTJ - Ben: Non puoi fuggire al tuo destino. Devi di nuovo confrontarti con lui. Luke: Non ucciderò mai mio padre. Ben: Allora l'Imperatore ha già vinto. Tu eri la nostra unica speranza. Luke: Yoda ha parlato di un altro.
Ben: L'altro di cui parlava è la tua sorella gemella. Luke: Ma io non ho sorelle? Ben: Per proteggervi dall'Imperatore, siete stati nascosti a vostro padre appena nati. L'Imperatore sapeva come me che se Anakin avesse avuto dei discendenti sarebbero stati una minaccia per lui. Questo è il motivo per cui tua sorella rimane sotto un sicuro anonimato. Luke: Leila! Leila è mia sorella! Ben: Il tuo intuito ti guida bene. Seppellisci a fondo i tuoi sentimenti. Ti fanno onore, ma ricorda che potrebbero essere usati dall'Imperatore.

ostacolato: il giovane maltrattato, l'orfano, il figliastro, ecc. Il bambino del destino deve attraversare un lungo periodo di oscurità. È un periodo pieno di pericoli, di ostacoli e di umiliazioni. Il fanciullo è indotto a ripiegarsi in se stesso o ad affrontare l'ignoto; in ogni caso, ciò ch'egli incontra è sempre un'oscurità inesplorata.

*Luke*
*It just isn't fair. Oh, Biggs is right. I'm never gonna get out of here!*

*Threepio*
*Is there anything I might do to help?*

*Luke glances at the battered robot. A bit of his anger drains and a tiny smile creeps across his face.*

*Luke*
*Well, not unless you can alter time, speed up the harvest, or teleport me off this rock!*

*Threepio*
*I don't think so, sir. I'm only a droid and not very knowledgeable about such things. Not on this planet, anyway. As a matter of fact, I'm not even sure which planet I'm on.*

*Luke*
*Well, if there's a bright center to the universe, you're on the planet that it's farthest from.[8]*

---

8      ANH - Luke: Non è affatto giusto. Ah, Biggs ha ragione. Non riuscirò mai ad andarmene da qui. C3PO: C'è qualcosa che potrei fare, signore? Luke lancia un'occhiata al robot malconcio. Un po' di rabbia traspare e un piccolo sorriso si insinua sul suo viso. Luke: No, a meno che tu non possa alterare il tempo, affrettare i raccolti, o teleportarmi fuori da questa sassaia! C3PO:

Le categorie classiche di nascita, crescita, decrescita e morte seguita dalla rinascita, tipiche dei miti di ogni popolo, si trovano così in un sistema che, essendo strutturato nella successione cronologica degli episodi, può essere trasposto in una dimensione esistenziale più sottile e sovratemporale.

Una spiegazione esaustiva non può prescindere dal particolare montaggio ad alternanza che, nei momenti iniziali del primo tempo di ANH (in cui lo scontro, a vario livello, tra le forze del bene e del male, non avviene ancora 'in forza') rende possibile il racconto di varie storie con i personaggi alla ricerca gli uni degli altri. Una concatenazione di sequenze (piccole storie autonome, quasi autosufficienti da un punto di vista narrativo), una di seguito all'altra senza un apparente intreccio tra loro e che hanno lo scopo di far incontrare i personaggi, raggruppandoli in due schiere opposte e facilmente identificabili, delimitandone i campi d'azione.

Innestata e sovrapposta, a questa struttura ne troviamo un'altra, funzionale al contenuto fantastico e fantascientifico dell'opera, costituita da tutta una serie di elementi che si configurano sempre come un'irruzione di qualcosa di strano e meraviglioso nell'azione: la battuta di un personaggio, l'apparire di una strana creatura extraterrestre, un oggetto tecnologico di particolare interesse per le sue proprietà. Ciò che lega questo schema e gli elementi al mondo dell'immaginario è il medesimo scopo funzionale: sono strumenti atti a tenere desta l'attenzione dello

Non credo proprio, signore. Sono solo un droide e non m'intendo molto di queste cose. Non su questo pianeta, in ogni caso. E a dire il vero, non so neanche su quale pianeta mi trovo. Luke: Beh, se c'è un centro luminoso dell'universo, sei sul pianeta che ne è più lontano.

spettatore decretando, in modo diretto, il ritmo veloce del film e del suo montaggio, che culminerà nell'ultima mezz'ora nella battaglia finale in uno sfrenato crescendo tipico del war movie.

Un film, appunto, che rifonda il sacro mito-rito della guerra (giusta e santa).

## III.2 La partenza

### III.2.1 L'appello

È questo un classico esempio del modo in cui può iniziare l'avventura. Una svista, un errore, rivelano un mondo insospettato, e l'individuo viene messo a contatto con forze di cui non sa interpretarne la natura e il valore.

*Luke struggles to remove a small metal fragment from Artoo's neck joint. He uses a larger pick.*

Luke
*Well, my little friend, you've got something jammed in here real good.*
*Were you on a starcruiser or...*

*The fragment breaks loose with a snap, sending Luke tumbling head over heels. He sits up and sees a twelve-inch three-dimensional hologram of Leia Organa, the Rebel senator, being projected from the face of little Artoo. The image is a rainbow of colors as it flickers and jiggles in the dimly lit garage. Luke's mouth hangs open in awe.*

Leia
*Help me, Obi-Wan Kenobi. You're my only hope.*[1]

---

[1]     ANH - Luke: Beh, piccolo amico, qui dentro hai qualcosa incastrata proprio bene. Eri su un incrociatore stellare o... Luke lotta per rimuovere un piccolo frammento di metallo dal

99

Joseph Campbell nel suo *L'Eroe dai Mille Volti* racconta la favola di un re le cui figliole erano tutte belle, ma la più giovane era così carina che persino il sole, che aveva pur visto molte cose, se ne stupiva ogni volta che le illuminava il volto. Vicino al castello di questo re v'era un grande bosco oscuro, e nel bosco, sotto un tiglio, v'era una fonte, e quando faceva molto caldo la giovane figlia del re vi si recava. E per passare il tempo portava con sé una palla d'oro, la lanciava in alto e la riprendeva; e questo era il suo gioco preferito.

Capitò un giorno che la palla d'oro della principessa non cadde nella piccola mano che l'aveva gettata in aria, ma rimbalzò sul terreno e rotolò nell'acqua. La principessa la seguì con gli occhi, ma la palla scomparve; e la fonte era così profonda che non se ne vedeva il fondo. La principessa allora si mise a piangere, e il suo pianto divenne sempre più forte, ed ella non riusciva a consolarsi. E mentre così si disperava, udì una voce che diceva: "Che è successo, Principessa? Piangi così forte che muoveresti a pietà un sasso". La fanciulla si guardò attorno per vedere da dove veniva la voce, e scorse un rospo che teneva sollevata la grossa testa fuori dall'acqua. "Oh, sei tu, vecchio Ranocchio", disse la principessa. "Piango perché la mia palla d'oro è caduta nella fonte". "Calmati; non piangere", rispose il rospo, "io posso aiutarti. Ma cosa mi darai se ti riporto il tuo gioco?" "Tutto quello che ti piacerà, caro rospo", disse la fanciulla; "i miei abiti, le

---

collare di Artoo. Prova con un plettro più grande. Il frammento si libera con uno scatto, mandando Luke gambe all'aria. Si siede e vede un ologramma tridimensionale alto dodici pollici di Leia Organa, la senatrice ribelle, proiettata dal visore del piccolo Artoo. L'immagine è un arcobaleno di colori che sfarfalla e risuona all'interno del garage poco illuminato. Luke resta a bocca aperta. Leia: Aiutami, Obi-Wan Kenobi: sei la mia unica speranza!

mie perle e i miei gioielli, e persino la corona d'oro che ho in capo".

Il rospo, che appare come per miracolo, può essere considerato una manifestazione preliminare di forze che stanno per intervenire e definito in tal senso 'l'araldo': l'appello e il richiamo all'avventura. Il suo invito può suonare come l'appello a qualche grande impresa storica, o può segnare l'inizio di una rivelazione religiosa.

Il rospo ripugnante e disprezzato o il drago delle favole cinesi recano in bocca la palla del sole, poiché il rospo, il serpente, l'essere disprezzato, è il rappresentante di quell'inconscio ('così profondo che non se ne può vedere il fondo') in cui sono ammassati tutti i fattori, le leggi e gli elementi della vita che furono rifiutati, repressi, disprezzati, ignorati o non sviluppati.[2]

Sono queste le perle dei favolosi palazzi sottomarini degli spiriti delle acque, dei tritoni e dei guardiani del mare, i gioielli che illuminano le città infernali dei demoni, i semi di fuoco nell'oceano immortale che sostiene la terra e la circonda come un serpente, le stelle nel seno della notte immortale. Sono queste le pepite del tesoro del drago, i pomi difesi dalle Esperidi, i filamenti del Vello d'Oro, la favolosa ricompensa promessa ad Han Solo. L'araldo è spesso cupo, ripugnante o misterioso;

---

2        "As archetypes, the droids can be compared to aspects of the psyche. See-Threepio seems to be all ego and no insight. He is fluent in over six million forms of communication, but while he hears everything, he seems to understand nothing. Artoo-Detoo is more like the subconscious mind - all his power resides deep within. he can take in massive amounts of data and process them instantly, but he can only communicate with humans through signs and symbols and often relies on See-Threepio's translations. Artoo seems made to keep secrets, yet he is the one who draws Luke into the quest". (Mary Henderson, Star Wars. The Magic of Myth, Bantam Books, 1997, p. 26).

eppure a chi lo segue si schiude fra le mura del giorno
la via che conduce alle tenebre ove rifulgono i gioielli.

Il primo stadio del viaggio mitologico, che abbiamo
definito 'l'appello', dimostra che il destino ha chiamato
l'eroe e trasferito il suo centro spirituale dalla società in
cui vive a una zona sconosciuta. Questa regione fatale,
piena di tesori e di pericoli, viene rappresentata in vari
modi: una terra lontana, una foresta, un regno sotter-
raneo, sottomarino o celeste, un'isola ignota, la vetta di
un'alta montagna, o un profondo sonno, Alderaan; ma
è sempre un luogo popolato di esseri stranamente fluidi
e polimorfi, di tormenti inimmaginabili, di fatti sovru-
mani e di inconcepibili delizie.

### EXT. TATOOINE - ROCK MESA - DUNE SEA - COASTLINE - DAY

*From high on a rock mesa, the tiny landspeeder can be
seen gliding across the desert floor. Suddenly, in the fore-
ground two weather-beaten Sand People shrouded in their
grimy desert cloaks peer over the edge of the rock mesa.
One of the marginally human creatures raises a long ominous laser rifle and points it at the speeder but the second
creature grabs the gun before it can be fired.*[3]

L'eroe a volte intraprende l'avventura di propria volontà,
come fece Teseo quando giunse nella città di suo padre,

---

3        ANH – ESTERNO TATOOINE – DISTESA ROCCIO-
SA – MARE DELLE DUNE - COSTA - GIORNO
Dall'alto di una distesa rocciosa , il piccolo landspeeder si vede
scivolare sulla superficie desertica. Improvvisamente, in primo
piano, due intrepidi Sabbipodi, avvolti nei loro mantelli sporchi,
scrutano oltre il bordo della distesa rocciosa. Una delle creature
umanoidi solleva un lungo fucile laser e la punta allo speeder, ma
la seconda creatura afferra la pistola prima che possa fare fuoco.

Atene, e udì la terribile storia del Minotauro: altre volte viene trascinato o inviato in luoghi lontani da qualche agente benigno o maligno, come Odisseo, sballottato sul Mediterraneo dai venti di Posidone. A volte l'avventura ha inizio semplicemente con una svista, come quella della principessa della favola che ho riportato; altre volte, mentre l'eroe passeggia tranquillo, qualche fenomeno attira il suo sguardo e lo trascina lontano dai sentieri percorsi dall'uomo.

All'appello sono collegate costantemente le immagini della oscura foresta, del grande albero, della fonte zampillante, e la comparsa, in forma ripugnante e disprezzabile, dell'artefice del destino;[4] somiglia al Grande Drago Cinese dell'Oriente, che trattiene fra le mascelle il sole nascente, o al rospo sul cui capo cavalca il bel giovane immortale, Han Hsiang, recando nel canestro delle pesche, i frutti dell'immortalità.[5]

---

[4]  "Dall'altro lato abbiamo l'acqua, che appartiene tradizionalmente a un regno d'esistenza inferiore alla vita umana, cioè lo stato di caos o dissoluzione che segue alla morte naturale, o la riduzione all'inorganico. Quindi, molto spesso, morendo l'anima attraversa l'acqua o affonda in essa. Nel simbolismo apocalittico abbiamo l'acqua della vita, il quadruplice fiume dell'Eden che riappare nella Città di Dio, ed è rappresentato nel rituale del battesimo. Secondo Ezechiele, il ritorno di questo fiume trasforma il mare in acqua dolce, e questa sarebbe la ragione per cui l'autore della Rivelazione dice che nella Apocalisse non esiste più il mare. In senso apocalittico perciò l'acqua circola nel corpo universale come il sangue nel corpo individuale". (Northrop Frye, Anatomia della critica, Piccola Biblioteca Einaudi, 1969, p. 191). Come vedremo ancora nella sezione "Il ventre della balena" più avanti, l'acqua ricopre un ruolo molto importante nella simbologia di Star Wars. Nell'acqua sono sempre presenti dei mostri terrificanti, come Dianoga nella discarica di ANH, o il serpente nella palude di Dagobah, in ESB.

[5]  Facciamo innanzitutto notare la presenza di un sistema solare binario sul pianeta natale di Luke, Tatooine, che in virtù

In conformità con la cosmologia di molti popoli, questo percorso si compie lungo un asse, un 'pilastro centrale', che ci rimanda al simbolismo della catena dei mondi. Echi di questo stilema sono passati nel noto topos fiabesco dell'albero o della pianta di fagiolo di Jack che giunge fino al cielo. A questo proposito, è nota l'immagine biblica della scala di Giacobbe, lungo la quale "gli angeli del Signore salgono e scendono".

Sia che si tratti della principessa strappata allo stato felice della sua unità con il re padre, o della figlia di Dio Eva, ormai matura per abbandonare l'idillio dell'Eden, o, ancora, del futuro Illuminato che nella sua concentrazione supera l'ultimo orizzonte del mondo creato, vengono evocate le stesse immagini archetipe che simbolizzano pericolo, rassicurazione, prova, passaggio, e la misteriosa sacralità della nascita.

---

della regola del raddoppio, evidenza la struttura mitologica del racconto. In seconda analisi, dobbiamo ancora notare la forma circolare della capanna degli zii di Luke, figura classica del cerchio magico tracciato intorno alla persona dell'eroe dalla volontà protettiva dei genitori adottivi.

## III.2.2 Il rifiuto all'appello

*Ben*
*You must learn the ways of the Force if you're to come with*
*me to Alderaan.*

*Luke: (laughing)*
*Alderaan? I'm not going to Alderaan. I've got to go home.*
*It's late, I'm in for it as it is.*

*Ben*
*I need your help, Luke. She needs your help. I'm getting*
*too old for this sort of thing.*

*Luke*
*I can't get involved! I've got work to do! It's not that I like*
*the Empire. I hate it! But there's nothing I can do about it*
*right now. It's such a long way from here.*

*Ben*
*That's your uncle talking.*[1]

La disobbedienza all'appello interiore trasforma l'avventura nel proprio contrario. Immerso nella noia, nel suo quotidiano lavoro agli estrattori di umidità, l'eroe perde

---

1      ANH - Ben: Dovrai imparare le vie della Forza se devi venire con me ad Alderaan. Luke: Alderaan? Ma io non ci vengo ad Alderaan. Devo tornare a casa. È tardi. Sono già nei guai così. Ben: Ho bisogno del tuo aiuto, Luke. Anche lei ne ha bisogno. Sto diventando troppo vecchio per questo genere di cose. Luke: Non posso essere coinvolto. Ho del lavoro da fare. Non pensare che mi piaccia l'Impero, anzi lo detesto. Ma non ci posso fare niente in questo momento. Ed è lontanissimo da qui. Ben: Sembra di sentire tuo zio.

la propria capacità di svolgere un'azione positiva e significativa, divenendo una vittima da salvare. Il suo mondo
si trasforma in un arido deserto e la sua vita perde di
significato.

*Luke*
*So... you got your reward and you're just leaving then?*

*Han*
*That's right, yeah! I got some old debts I've got to pay off
with this stuff. Even if I didn't, you don't think I'd be fool
enough to stick around here, do you? Why don't you come
with us? You're pretty good in a fight. I could use you.*

*Luke: (getting angry)*
*Come on! Why don't you take a look around? You know
what's about to happen, what they're up against. They
could use a good pilot like you. You're turning your back
on them.*

*Han*
*What good's reward if you ain't around to use it? Besides,
attacking that battle station ain't my idea of courage. It's
more like suicide.*[2]

---

2      ANH - Luke: Così hai avuto la ricompensa e te ne stai
andando. Han: Proprio così. Già. Ho dei vecchi debiti da pagare
con questa roba. E anche se non li avessi, non crederai che sarei
così pazzo da restare qui, vero? Perché non vieni con noi? Sei
bravo, combatti bene. Mi saresti utile. Luke: Ma insomma! Perché
non dai un'occhiata in giro? Lo sai cosa sta per succedere, da cosa
devono difendersi? A loro occorrono piloti come te, e tu gli giri
le spalle e te ne vai? Han: A che serve una ricompensa se non ci
sei più? E attaccare la Morte Nera non è un atto di coraggio. È
soprattutto... un suicidio.

I miti e i racconti popolari di tutto il mondo dimostrano che la disobbedienza all'appello è essenzialmente un rifiuto a rinunciare a ciò che si considera il proprio interesse. Il futuro viene concepito non come un eterno susseguirsi di morti e di nascite, ma come un perpetuarsi del proprio attuale sistema di ideali, virtù, aspirazioni e vantaggi.

*Han*
*Perfect. You fixed us all pretty good, didn't you? (spits it out) My friend.*

*Han hauls off and punches Lando. The two friends are instantly engaged in a frantic close-quarters fight. The guards hit Han with their rifle butts and he flies across the room. Chewie growls and starts for the guard. They point their laser weapon at the giant Wookie, but Lando stops them.*

*Lando*
*Stop! I've done all I can do. I'm sorry I couldn't do better, but I have my own problems.*

*Han*
*Yeah, you're a real hero.[3]*

Così il dio Apollo chiamava la giovane Dafne, figlia del

---

3      ESB - Han: Magnifico... ci hai proprio sistemati a dovere, bell'amico. Han tira fuori i pugni e colpisce Lando. I due amici sono impegnati in un frenetico combattimento. Le guardie colpiscono Han con il calcio del fucile e lo scaraventano attraverso la stanza. Chewie ringhiando si avventa contro una guardia. Le guardie puntano la loro arma laser sul Wookie gigante, ma Lando li ferma. Lando: Stop! Non potevo far altro. Mi dispiace se non ho fatto di meglio ma ho i miei problemi. Han: Già, sei un vero eroe.

fiume Peneo, inseguendola nella pianura. "O ninfa, o figlia di Peneo, arrestati!" le diceva il dio, "Colui che t'insegue non è tuo nemico. Non sai chi fuggi, e per questo fuggi. Rallenta la tua corsa, ti prego, e non fuggire. Io pure ti seguirò più lentamente. Dunque, fermati e chiedi chi è il tuo innamorato".

Allo stesso modo Brunilde protegge la sua verginità, grazie alla protezione del fuoco imposta da suo padre Odino. Brunilde dormì sino all'arrivo di Sigfrido. Ancora, una città persiana venne un tempo pietrificata perché i suoi abitanti non avevano risposto all'appello di Allah, e la moglie di Lot fu trasformata in una statua di sale per essersi voltata indietro a guardare la distruzione di *Sodoma e Gomorra*, contravvenendo all'ordine di Dio.

Non tutti coloro che esitano davanti all'appello sono perduti; a volte la situazione che segue la disobbedienza all'appello fornisce l'occasione per una provvidenziale rivelazione di qualche insospettato principio di libertà.

### III.2.3 L'aiuto soprannaturale

*Ben*
*Hello, there! Come here, my little friend. Don't be afraid.*

*Artoo waddles over to where Luke lies crumpled in a heap
and begins to whistle and beep his concern. Ben puts his
hand on Luke's forehead and he begins to come around.*

*Ben*
*Don't worry, he'll be all right.*

*Luke*
*What happened?*

*Ben*
*Rest easy, son, you've had a busy day. You're fortunate
you're still in one piece.*

*Luke*
*Ben? Ben Kenobi! Boy, am I glad to see you![1]*

Coloro che hanno risposto all'appello incontrano per
prima cosa, durante il viaggio, un protettore (spesso

---

1     ANH - BEN: Uuuh! Salve, tu. Vieni qui, mio piccolo
amico. Non aver paura. Artoo si agita sul punto in cui Luke giace
e inizia a fischiare la sua preoccupazione. Ben mette la mano
sulla fronte di Luke e comincia a dare una mano. Ben: No, non
preoccuparti, tra poco si riavrà. Rilassati, figliolo. Hai avuto una
giornata faticosa. Sei fortunato di essere ancora tutto d'un pezzo.
Luke: Ben? Ben Kenobi? Accidenti, come sono contento di veder-
ti.

anziano) che fornisce loro degli amuleti contro il mostro che stanno per affrontare.

*Ben*
*Your father's lightsaber. This is the weapon of a Jedi*
*Knight. Not as clumsy or as random as a blaster.[2]*

Molto spesso il soprannaturale soccorritore è di sesso maschile. Nelle favole può essere un nanetto dei boschi, un mago, un eremita, un pastore o un fabbro che compare all'improvviso e fornisce all'eroe gli strumenti e i giusti consigli di cui ha bisogno. Tutte le mitologie presentano la figura della guida, del maestro, del traghettatore, del condottiero d'anime. Nel mito greco è Hermes, in quello egiziano è Thot, e in quello cristiano è lo Spirito Santo. Goethe ci presenta nel suo *Faust* una guida di sesso maschile, Mefistofele, e come spesso accade, viene sottolineato l'aspetto pericoloso della figura 'mercuriale', poiché è colui che attira l'anima innocente nel regno della tentazione.

*Luke*
*Well, I stumbled across a recording while I was cleaning*
*him. He says he belongs to someone called Obi-Wan*
*Kenobi.*

*Owen is greatly alarmed at the mention of this name, but*
*manages to control himself.*

*Luke*
*I thought he might have meant old Ben. Do you know*

---

2        Obi-Wan Kenobi è l'aiutante soprannaturale di Star Wars. E da notare che in giapponese obi significa 'cintura' e ken-obi è la cintura della spada. (Fonte Internet).

110

*what he's talking about? Well, I wonder if he's related to*
*Ben.*

*Owen breaks loose with a fit of uncontrolled anger.*

Owen
*That old man's just a crazy wizard. Tomorrow I want*
*you to take that R2 unit into Anchorhead and have its*
*memory flushed. That'll be the end of it. It belongs to us*
*now.*[3]

Il vecchietto e la buona nonnetta sono personaggi assai frequenti nelle favole europee; nelle leggende dei santi cristiani il loro ruolo è rivestito anche dalla Vergine.

Presso i pellerossa del sud-ovest, ricorda Campbell, il personaggio favorito in questo ruolo di soccorritore è la Donna Ragno, una brava vecchietta che vive sottoterra. Gli Dei Gemelli della Guerra che si erano messi in viaggio verso la casa del padre, il Sole, erano appena partiti quando incontrarono questa straordinaria figura: i fanciulli procedevano speditamente sul sentiero sacro, e subito dopo l'alba, nei pressi di Dsilnaotil, videro uscire dal terreno del fumo. Raggiunsero il punto da cui si levava e scoprirono che usciva dal condotto di una

---

3        ANH - Luke: Beh, ha trasmesso una registrazione proprio mentre la pulivo. Dice di appartenere ad un certo Obi-Wan Kenobi. Ho pensato che si trattasse del vecchio Ben. Tu sai di che cosa parla? Owen è visibilmente allarmato alla menzione di questo nome, ma riesce a controllarsi. Owen: Hmmm... Luke: Beh, mi domando se si tratta di Ben. Owen si scatena con un moto di rabbia incontrollata. Owen: Quello stregone è solo un vecchio pazzo. Domani porta quell'unità C1 ad Anchorhead e fagli cancellare la memoria. Così sarà finita. Appartiene a noi, adesso.

stanza sotterranea. Dal foro emergeva una scala a pioli, nera di fuliggine. Guardando giù, scorsero nella stanza una vecchia, la Donna Ragno, che appena li vide disse: "Benvenuti, ragazzi. Chi siete, e da dove venite?" I fanciulli non risposero, ma scesero lungo la scala a pioli. Quando toccarono il pavimento, la vecchia chiese di nuovo: "Dove vi state recando?" "In nessun luogo particolare", essi risposero, "siamo venuti qui perché non avevamo altro posto dove andare". La vecchia ripeté la domanda quattro volte, e ogni volta ricevette la medesima risposta. Poi disse: "Forse volete cercare vostro padre?" "Sì", risposero i Gemelli, "ma non sappiamo dove abiti". "Ah!", esclamò la donna, "il cammino che conduce alla casa di vostro padre, il Sole, è lungo e pericoloso. È infestato di mostri, e può darsi che vostro padre non sia contento di vedervi arrivare e vi punisca. Dovete superare quattro punti pericolosi: le rocce che schiacciano il viandante, i canneti che lo squarciano, i cactus che lo smembrano, e le sabbie bollenti che lo investono. Ma io vi darò qualcosa che ammansirà i vostri nemici e vi salverà la vita". Con la sua ragnatela la Donna Ragno può controllare i movimenti del sole.

All'eroe che si è posto sotto la protezione della Madre Cosmica non può succedere nulla di male. Il filo di Arianna condusse Teseo sano e salvo fuori dal labirinto. Nel poema di Dante la figura della guida è impersonata da Beatrice e dalla Vergine, e nel Faust goethiano da Margherita, Elena di Troia e dalla Vergine.

## III.2.4 Il varco della prima soglia

Con l'aiuto e la guida di colui che personifica il suo destino l'eroe procede spedito nell'avventura fino a quando non incontra il 'guardiano della soglia', all'ingresso della zona delle potenze soprannaturali.

*Luke*
*There's something not right here.*

*Yoda sits on a large root, poking his Gimer Stick into the dirt.*

*Luke*
*I feel cold, death.*

*Yoda*
*That place... is strong with the dark side of the Force. A domain of evil it is. In you must go*
.

*Luke*
*What's in there?*

*Yoda*
*Only what you take with you.*

*Luke looks warily between the tree and Yoda. He starts to strap on his weapon belt.*

*Yoda*
*Your weapons... you will not need them.*

*Luke gives the tree a long look, than shakes his head 'no'.*
*Yoda shrugs. Luke reaches up to brush aside some hanging*
*vines and enters the tree.*


*INTERIOR: DAGOBAH - TREE CAVE*
*Luke moves into the almost total darkness of the wet and*
*slimy cave. The youth can barely make out the edge of the*
*passage. Holding his lit saber before him, he sees a lizard*
*crawling up the side of the cave and a snake wrapped*
*around the branches of a tree. Luke draws a deep breath,*
*then pushes deeper into the cave. The space widens around*
*him, but he feels that rather than sees it. His sword casts*
*the only light as he peers into the darkness. It is very quiet*
*here.*
*Then, aloud hiss! Darth Vader appears across the black-*
*ness, illuminated by his own just-ignited laser sword.*
*Immediately, he charges Luke, saber held high. He is upon*
*the youth in seconds, but Luke sidesteps perfectly and*
*slashes at Vader with his sword.*
*Vader is decapitated. His helmet-encased head flies from*
*his shoulders as his body disappears into the darkness. The*
*metallic banging of the helmet fills the cave as Vader's*
*head spins and bounces, smashes on the floor, and finally*
*stops. For an instant it rests on the floor, then it cracks*
*vertically. The black helmet and breath mask fall away to*
*reveal... Luke's head. Across the space, the standing Luke*
*gasps at the sight, wide-eyed in terror. The decapitated*
*head fades away, as in a vision.[1]*

---

1        ESB - Luke: C'è qualcosa che non va qui. Yoda si siede
su una grande radice, puntando il suo bastone all'oscurità. Luke:
Sento freddo... morte. Yoda: Quel posto... è forte del lato oscuro
della Forza. Un regno malvagio esso è. Dentro devi andare.
Luke: Che c'è lì dentro? Yoda: Solo ciò che con te porterai. Luke
guarda con diffidenza tra l'albero e Yoda. Si allaccia l'arma alla
cinghia. Yoda: Le armi non ti serviranno. Luke dà all'albero un

Le mitologie popolari riempiono di esseri ingannatori e pericolosi qualsiasi luogo fuori del villaggio natio. Le regioni inesplorate (il deserto, la giungla, il fondo del mare, le terre straniere, hic sunt leones, ecc.) offrono libero campo alla proiezione di contenuti inconsci. La libido incestuosa e la destrudo patricida vengono quindi rivolte contro l'individuo e la sua società in forme che evocano minacciosa violenza e pericolose delizie, non soltanto orchi ma anche sirene dal fascino misterioso.

E tuttavia, è soltanto superando questi confini e costringendo il guardiano a presentarsi nel suo aspetto distruttivo, che l'individuo entra in una nuova fase di espe-

---

lungo sguardo, e scuotendo la testa dice 'no'. Yoda si stringe nelle spalle. Luke si avvicina spostando alcuni rami ed entra nell'albero.

INTERNO: DAGOBAH - ALBERO CAVO

Luke si muove nel buio quasi totale della grotta umida e viscida. Il giovane riesce a malapena a distinguere il bordo del passaggio. Tenendo la spada illuminata davanti a sé, vede una lucertola che striscia sul lato della grotta e un serpente avvolto tra i rami di un albero. Luke fa un respiro profondo, poi si spinge più in profondità nella grotta. Lo spazio si apre intorno a lui, ma lo percepisce più che vederlo. La sua spada getta l'unica luce mentre si muove nel buio. E' molto tranquillo qui. Poi, un forte sibilo! Darth Vader appare, illuminato dalla sua stessa spada laser. Immediatamente, attacca Luke, a spada alta. E' sul giovane in pochi secondi, ma Luke evita abilmente e colpisce Vader con la spada. Vader è decapitato. Il suo casco vola dalle spalle mentre il corpo scompare nel buio. I colpi metallici del casco riempiono la grotta mentre il capo di Vader gira e rimbalza, si frantuma sul terreno e, finalmente, si ferma. Per un istante poggia sul terreno, poi si frantuma nel mezzo. Il casco nero e il respiratore cadono via per rivelare... la testa di Luke.

Attraverso lo spazio, Luke in piedi resta senza fiato alla vista, con gli occhi spalancati per il terrore. La testa decapitata svanisce, come in una visione.

rienze.

Nicola di Cusa descrive il "Muro del Paradiso" che nasconde Dio dalla vista degli uomini come formato dalla "coincidenza dei contrari", e i suoi cancelli sono difesi dal "più alto spirito della ragione, che ne impedisce l'accesso sinché non viene sopraffatto". Le coppie di contrari (essere e non essere, vita e morte, bello e brutto, buono e cattivo) sono le rocce (le Symplegades del mito di Giasone) che schiacciano il viandante, ma tra le quali l'eroe deve assolutamente passare. È questo un motivo diffuso presso tutte le popolazioni. I greci lo collegarono con due scogli rocciosi del Mar Nero, che urtano l'uno contro l'altro sotto la spinta dei venti; ma Giasone passò in mezzo e da allora i due scogli non si urtano più. Gli Eroi Gemelli della leggenda navajo furono avvertiti dalla Donna Ragno che avrebbero incontrato il medesimo ostacolo; ma, protetti dalla formula magica e dalle penne strappate a un'aquila viva, vi passarono in mezzo indisturbati.

### III.2.5 Il ventre della balena

Il concetto che fa del varco della magica soglia un passaggio in una sfera di rinascita ha il proprio simbolo nell'immagine, diffusa in tutto il mondo, del ventre della balena.

Gli eschimesi dello Stretto di Bering raccontano la storia dell'eroe burlone chiamato Corvo, il quale un giorno, mentre sedeva su una spiaggia ad asciugare i propri abiti, scorse una balena che nuotava lentamente vicino alla spiaggia. Corvo le gridò: "La prossima volta che vieni alla superficie a prender aria, mia cara, apri la bocca e chiudi gli occhi". Poi si mise svelto gli abiti e la maschera di corvo, raccolse sotto braccio i bastoni per il fuoco, e spiccò il volo sull'acqua. La balena venne a galla e fece come le era stato detto. Corvo s'infilò fra le mascelle spalancate e arrivò diritto nello stomaco. La balena chiuse la bocca di colpo e lanciò un urlo; Corvo rimase nello stomaco e si guardò attorno.

Gli zulù narrano invece la storia di due fanciulli e della madre inghiottiti da un elefante. Quando la donna giunse nello stomaco dell'animale vide vaste foreste e grandi fiumi, e molte montagne; su un lato c'erano molte rocce, e su di esse c'erano così tante persone che vi avevano costruito un villaggio.

Eracle, sostando a Troia mentre faceva ritorno in patria con la cintura di Ippolita, regina delle Amazzoni, apprese che la città era perseguitata da un mostro inviato dal dio del mare Posidone. Questo mostro soleva inoltrarsi sulla spiaggia e divorare le persone che incontrava. Proprio quel giorno il re aveva legato agli scogli la propria figlia, Esione, quale capro espiatorio, ed Eracle acconsentì a salvarla in cambio di una ricompensa. Quando il mostro affiorò alla superficie e spalancò le fauci, Eracle gli si tuffò in gola, penetrò nello stomaco e lo uccise.

*Leia*
*The cave is collapsing.*

*Han*
*This is not cave.*

*Leia*
*What?*

*Leia's mouth drops open. She sees that the rocks of the cave entrance are not rocks at all, but giant teeth, quickly closing around the tiny ship. Chewie howls.*

INTERIOR: SPACE SLUG MOUTH
*The Millenium Falcon, zooming through the monster's mouth, rolls on its side and barely makes it between two of the gigantic white teeth before the huge jaws slams closed.*

EXTERIOR: CAVE ENTRANCE - GIANT ASTEROID
*The enormous space slug moves its head out of the cave as the Falcon flies out of its mouth. The monster tilts its head, watching the starship fly away.*[1]

---

1     ESB – Leia: La grotta sta crollando! Han: Non è una grotta. Leia: Cosa? La bocca di Leia resta aperta. Si vede che le rocce della grotta d'ingresso non sono rocce, ma i denti giganti, che si stanno rapidamente chiudendo sulla piccola nave. Chewie urla.
INTERNO: BOCCA DELLA LUMCA SPAZIALE
Il Millennium Falcon vola attraverso la bocca del mostro, rotola su un fianco e per un soffio si infila tra due dei denti bianchi giganti prima che le enormi mascelle si chiudano.

Questo motivo popolare conferma e sottolinea il concetto che il varco della soglia è una sorta di autoannientamento. La somiglianza con l'avventura fra le rocce Symplegades è del resto evidente. Ma qui, invece di procedere verso l'esterno, oltre i confini del mondo visibile, l'eroe muove verso l'interno per rinascere, motivo che riprende l'itinerario verso il cuore della Death Star che gli eroi di *Star Wars* percorrono sia in ANH che in ROTJ nel tentativo di distruggere l'arma finale dell'Impero.

Il tempio interiore, il ventre della balena, e la terra beata che giace oltre i confini del mondo, sono la stessa cosa. Ecco perché le porte dei templi sono fiancheggiate da colossali cariatidi: draghi, leoni, angeli con la spada sguainata, sfingi alate, o i lunghi canyons presenti sulla superficie della Death Star difesi dalle torrette imperiali. Sono i guardiani della soglia incaricati di vietare l'accesso a coloro che non sono in grado di affrontare l'infinito silenzio che è all'interno. Costituiscono le personificazioni preliminari dell'aspetto pericoloso del dio e corrispondono agli orchi mitologici che circondano il mondo convenzionale (la doppia fila di denti della balena).

*Han: (turning to Luke)*
*I've got to hand it to you, kid, you were pretty good out there.*

*Luke: (shrugging it off)*
*I had a lot of help. Think nothing of it.*

---

ESTERNO: INGRESSO CAVO – ASTEROIDE GIGANTESCO
L'enorme lumaca spaziale muove la testa fuori dalla caverna, appena il Falcon vola fuori dalla sua bocca. La testa del mostro si inclina, osservando l'astronave volare via.

## Han

*No, I'm thinking a lot about it. That carbon freeze was the closest thing to dead there is. And it wasn't just sleepin'. It was a big wide awake nothing.*[2]

Il corpo dell'eroe viene a volte smembrato, dilaniato, disperso sulla terra o sul mare, come nel mito egizio di Osiride che viene rinchiuso in un sarcofago e gettato nel Nilo dal fratello Set, e che, ritornato dal regno dei morti, viene nuovamente ucciso dal fratello, che ne smembra il corpo in quattordici pezzi e li disperde sulla terra. È proprio in questo risiede il potere dell'eroe di salvare, poiché il passaggio al di là dei confini mortali e il suo ritorno dimostrano che attraverso tutti gli opposti permane l'eterno, e non vi è nulla da temere.

L'archetipo dell'eroe nel ventre della balena è ben noto. Di solito l'eroe accende il fuoco con i suoi bastoni nell'interno del mostro, provocando in tal modo la morte della balena e liberandosi. Accendere il fuoco in questo modo simboleggia l'atto sessuale. I due bastoni, asse e battifuoco, rappresentano rispettivamente la femmina e il maschio; la fiamma è la nuova vita da essi generata. Il primo approccio romantico tra Han Solo e la Principessa Leia avviene all'interno del mostro spaziale in cui si sono rifugiati, così come è ancora la Principessa a liberarlo dalla carbonite in cui è stato imprigionato dai soldati imperiali.

*Han Solo, the frozen space pirate, hangs spolighted on the*

---

2      ROTJ, scena tagliata in fase di montaggio – Han (rivolgendosi a Luke): Devo ammetterlo, ragazzo, che andassi piuttosto bene. Luke (alzando le spalle): Ho avuto un sacco di aiuto. Non pensarci. Han: No,invece ci penso tanto. Questo blocco di grafite è stata la cosa più vicina alla morte che ci sia. E non ero solo dormiente. E' stata un risveglio nel nulla.

wall, his coffin-like case suspended by a force field. The bounty hunter deactivates the force field by flipping a control switch to one side of the coffin. The heavy case slowly lowers to the floor of the alcove.

Boushh steps up to the case, studying Han, then turns to the controls on the side of the coffin. He activates a series of switches and, after one last, hesitant look at Han, slides the decarbonization liver. The case begins to emit a sound as the hard shell covering the contours of Han's face begins to melt away. The bounty hunter watches as Han's body is freed of its metallic coat and his forearms and hands, previously raised in reflexive protest, drop slacky to his side. His face muscles relax from their mask of horror. He appears quite dead.

Boushh's ugly helmet leans close to Han's face listening for the breath of life. Nothing. he waits. Han's eyes pop open with a start and he begins coughing. The bounty hunter steadies the staggering newborn.

Boushh
Just relax for a moment. You're free of the carbonite.

Han touches his face with his hand and moan.

Boushh
Shhh. You have hibernation sickness.

Han
I can't see.

Boushh
Your eyesignt will return in time.

Han
Where am I?

121

*Boushh*
*Jabba's palace.*

*Han*
*Who are you?*

*The bounty hunter reaches up and lifts the helmet from his head, revealing the beautiful face of PRINCESS LEIA.*

*Leia*
*Someone who loves you.*[3]

"Il simbolismo poetico situa l'elemento del fuoco imme-

---

3        ROTJ - Han Solo, il pirata spaziale congelato, si trova appeso al muro, la sua bara è come sospeso da un campo di forza. Il cacciatore di taglie lo disattiva digitando su un interruttore di comando a un lato della bara. La pesante tavola si abbassa lentamente sul pavimento. Boushh gli gira attorno, studiando Han, poi si ferma sui controlli sul lato della bara. Attiva una serie di interruttori e, dopo un ultimo sguardo esitante ad Han, agisce sulla decarbonizzazione. La bara inizia a emettere un suono mentre il guscio duro che copre il volto di Han inizia a sciogliersi. Il cacciatore di taglie osserva il corpo di Han che si libera della sua copertura metallica, e le braccia e le mani, in precedenza sollevate in segno di difesa, si abbandonano sui fianchi. I muscoli del viso sembrano rilassati dalla maschera di orrore. Sembra morto. Il brutto casco di Boushh si trova vicino al viso di Han, in attesa di sentirne il respiro. Niente. Aspetta. Gli occhi di Han iniziano ad aprirsi e comincia a tossire. Il cacciatore di taglie aiuta lo sconcertato redivivo. Boushh (sottotitolato): Rilassati un momento. Non sei più prigioniero della grafite. Han si tocca il viso con la mano e geme. Boushh: Hai il male da ibernazione. Han Non ci vedo. Boushh (sottotitolato): La vista ti tornerà in seguito. Han: Dove mi trovo? Boushh (sottotitolato): Nel palazzo di Jabba. Han: Tu chi sei? Il cacciatore di taglie solleva il casco dalla testa, rivelando il bel volto della Principessa Leia. Leia: Qualcuno che ti ama.

122

diatamente al di sopra del livello della vita umana in questo mondo, e l'elemento dell'acqua immediatamente al di sotto. Dante dovette attraversare un anello di fuoco e il fiume dell'Eden per andare dalla montagna del Purgatorio, che è ancora sulla superficie di questo nostro mondo, al paradiso o mondo apocalittico propriamente detto. Le immagini della luce e del fuoco che circondano gli angeli nella Bibbia, le lingue di fuoco che scendono sugli uomini alla Pentecoste, e il carbone di fuoco messo sulla bocca di Isaia dal serafino, associano il fuoco a un mondo spirituale o angelico a metà strada tra l'umano e il divino. Una simile provenienza del fuoco è indicata nella mitologia classica dalla storia di Prometeo ed anche dall'associazione di Zeus con il fulmine o fuoco della saetta. In poche parole, il cielo in senso astronomico, contenente i corpi ignei del sole, della luna e delle stelle, è di solito ritenuto il punto di passaggio verso il cielo del mondo apocalittico o paradiso, oppure è addirittura identificato con esso".[4]

Da notare che in *Star Wars* il fuoco è utilizzato sia in termini metaforici, la fiamma dell'amore che divampa tra Han e Leia, sia in termini reali, il fuoco purificatore che brucia il corpo di Darth Vader in ROTJ.

L'eroe che accende il fuoco nell'interno della balena è una variante del matrimonio sacro, come vedremo più avanti.

---

4        Northrop Frye, Anatomia della critica, Piccola Biblioteca Einaudi, 1969, p. 189.

### III.3 Lo stadio delle prove

Negli stadi più tardi di molte mitologie, le immagini-chiave si nascondono negli aneddoti e nelle razionalizzazioni secondarie.

Il ciclo dell'infanzia si conclude con il ritorno o il riconoscimento dell'eroe, quando cioè, dopo il lungo periodo di oscurità, si rivela il suo vero carattere. Questo evento può provocare una crisi considerevole, poiché manifesta dei poteri fino ad allora sconosciuti. Dopo un momento di confusione, il valore creativo del nuovo fattore diventa palese, e il mondo riprende la sua forma. Il luogo della nascita dell'eroe, o la remota terra d'esilio dalla quale ritorna adulto per compiere le sue gesta tra gli uomini, è il punto di mezzo o ombelico del mondo.

In questo genere di racconti, il genitore fa la parte dell'orco: le prove imposte sono difficili oltre ogni limite, sembrano costituire un divieto alla vita di seguire il suo corso; tuttavia, quando si presenta un buon candidato, nessun compito è troppo difficile per lui.

Imprevisti soccorritori, e miracoli di tempo e spazio affrettano il suo successo; il destino stesso (la fanciulla) lo aiuta svelando i punti deboli del padre. Barriere, catene, voragini e ostacoli d'ogni specie spariscono davanti alla presenza autoritaria dell'eroe. La "vista" del vincitore predestinato vede immediatamente la fessura in ogni fortezza e il suo colpo può allargarla ancora di più ("Lo facevo a Beggar's Canyon, nelle mie terre"). L'eroe attivo è l'agente del ciclo, che trasferisce nel momento attuale l'impulso che per primo mosse il mondo.

L'eroe supremo, tuttavia, è anche colui che riapre gli occhi, così che attraverso tutte le sue vicende, le gioie e le agonie del mondo, sarà nuovamente visibile l'U-nica Presenza. Ciò richiede una saggezza più profonda dell'altra e sfocia non in una serie di azioni, ma di rappresentazioni significative. Il simbolo del primo è la spada virtuosa, del secondo lo scettro del dominio, o il libro della legge.

L'avventura caratteristica del primo è la conquista della sposa; l'avventura del secondo è la ricerca del padre ignoto.

Quando lo scopo dell'eroe è di trovare il padre sconosciuto, il simbolismo-base rimane quello delle prove e della rivelazione della propria identità. Ma il carattere di chi rappresenta il padre può subire un deterioramento.

Ma se il padre non collega più il bene del proprio regno alla sua fonte trascendentale, non c'è più il mediatore tra i due mondi. La prospettiva dell'uomo si appiattisce, e l'esperienza di un potere soprannaturale diviene immediatamente impossibile. L'idea-sostegno della comunità si perde. Il padre/imperatore diventa l'orco tiranno (Erode-Nimrod), l'usurpatore dal quale il mondo deve essere salvato.

L'iniziazione nella casa del padre è di due tipi diversi. Dal primo il figlio ritorna in veste di emissario, ma dal secondo, ritorna sapendo che "Io e il padre siamo uno". Gli eroi di questa seconda e più alta illuminazione, sono i redentori del mondo, le cosiddette incarnazioni, nel senso più alto. Le loro parole hanno un'autorità che va oltre tutto ciò che è stato pronunciato dagli eroi dello scettro e del libro.

Il compito dell'incarnazione è di confutare con la sua presenza le pretese dell'orco tiranno. L'incarnazione completamente liberata da tale autocoscienza, è una manifestazione diretta della legge. Egli attua la vita dell'eroe su scala grandiosa, compie le gesta dell'eroe, uccide il mostro.

Le leggende sul redentore raccontano che il periodo di desolazione era causato da una colpa morale da parte dell'uomo (Adamo nell'Eden, il persiano Jamshid sul trono). Ma dal punto di vista del ciclo cosmogonico l'alternarsi del bello e del brutto è la regola caratteristica nella scansione del tempo. Come nella storia dell'universo così pure in quella degli umani: l'emanazione porta alla dissoluzione, la gioventù alla vecchiaia, la nascita alla morte. L'età dell'oro, il regno dell'imperatore del mondo si avvicenda con il deserto, il regno del tiranno. Il dio creatore diventa alla fine il distruttore.

Da questo punto di vista, l'orco tiranno non è meno rappresentativo del padre di quanto lo sia l'imperatore del Mondo, la cui posizione ha usurpato, o il brillante eroe (il figlio) che dovrà soppiantarlo. Egli è il rappresentante del permanente, così come l'eroe è il portatore del mutamento. E poiché ogni momento del tempo emerge dalle catene del momento precedente, è descritto come appartenente alla generazione che precede quella del salvatore del mondo.

In breve: il compito dell'eroe è quello di uccidere l'aspetto tenace del padre (drago, re, orco) e liberare dalla sua maledizione le energie vitali che alimenteranno l'universo. Ciò può essere compiuto con o contro la volontà del padre; egli (il Padre) può scegliere la morte per il bene dei suoi figli, o può darsi che siamo gli dei a imporgli l'estremo sacrificio, facendone la loro vittima. Queste non sono dottrine contraddittorie, ma modi diversi di raccontare la stessa storia; in realtà, Uccisore e Drago, officiante e vittima, sono omologhi, ma nemici mortali nella guerra eterna fra Dei e Titani.

### III.3.1 La strada delle prove

Una volta varcata la soglia, l'eroe viene a trovarsi in un paese fatato abitato da forme fluide e ambigue, dove deve superare un consistente numero di prove. È questa una delle fasi favorite del mito-avventura, che ha ispirato in ogni parte della terra singolari descrizioni di prove e cimenti. L'eroe è assistito dai consigli, dagli amuleti e dagli emissari segreti del suo soccorritore che ha incontrato prima. A volte invece l'eroe scopre qui per la prima volta che può comunque contare su una potenza benigna che lo soccorre nel suo viaggio soprannaturale.

Di questo percorso, di cui la prima fase è una preparazione necessaria alla seconda, abbiamo notizia in numerosissime tradizioni: nei miti greci possiamo ricordare la visita di Odisseo al paese dei Cimmeri, o la stessa discesa di Orfeo agli inferi alla ricerca dell'amata Euridice; nella tradizione islamica il 'viaggio notturno' del profeta Maometto comprende, prima dell'Ascensione attraverso i cieli (mi'raj), il trasporto attraverso le regioni infernali ('isra'); lo stesso ritroviamo nel cristianesimo, dove ha il suo prototipo nella 'Passione' di Gesù, il quale trascorse tre giorni all'Inferno. Il viaggio di Psiche agli inferi non è che un'altra delle infinite imprese del genere compiute dagli eroi delle favole e dei miti.

Gli stregoni nel narrare le gesta di questi eroi, altro non fanno che rendere pubbliche e visibili le simboliche fantasie esistenti nella psiche dei membri della loro società. Dirigono questo gioco infantile e convogliano l'ansia comune, combattendo i demoni affinché gli altri possano colpire la preda.

*Vader*
*There is no escape. Don't make me destroy you. You do not*
*yet realize your importance. You have only begun to disco-*
*ver your power. Join me and I will complete your training.*
*With our combined strenght, we can end this destructive*
*conflict and bring order to the galaxy.*

*Luke*
*I'll never join you!*

*Vader*
*If you only knew the power of the dark side. Obi-Wan*
*never told you what happened to your father.*

*Luke*
*He told me enough! He told me you killed him.*

*Vader*
*No. I'm your father.*
*Shocked, Luke looks at Vader in utter disbelief.*

*Luke*
*No. No. That's not true! That's impossible!*

*Vader*
*Search your feelings. You know it to be true.*

*Luke*
*No! No! No!*

*Vader*
*Luke. You can destroy the Emperor. He has foreseen this.*
*It is your destiny. Join me, and we can rule the galaxy as*
*father and son. Come with me. It's the only way.*

*Vader puts away his sword and holds his hand out to*
*Luke. A calm comes over Luke, and he makes a decision.*
*In the next instant he steps off the gantry platform into*
*space. The Dark Lord looks over the platform and sees*
*Luke falling far below. The wind begins to blow at Vader's*
*cape and the torrent finally forces him back, away from*
*the edge. The wind soon fades and the wounded Jedi*
*begins to drop fast, unable to grab onto anything to break*
*his fall.[1]*

Accade perciò che chiunque intraprenda il viaggio pericoloso lungo i sentieri tortuosi del mondo delle tenebre,
si ritrovi in un paese popolato di figure simboliche (ciascuna delle quali può inghiottirlo). Nel linguaggio dei
mistici, è questo il secondo stadio del Cammino, quello

---

1    *ESB – Vader: Sei battuto. E' inutile resistere. Non lasciar-*
*ti distruggere come fece Obi-Wan. Non hai scampo. Non lasciare*
*che ti distrugga. Luke, tu non ti rendi ancora conto della tua im-*
*portanza. Hai solo cominciato a scoprire il tuo potere. Vieni con me*
*e io completerò il tuo addestramento. Unendo le nostre forze possia-*
*mo mettere fine a questo conflitto distruttivo e riportare l'ordine*
*nella galassia. Luke: Non verrò mai con te! Vader: Se tu solo cono-*
*scessi il potere del Lato Oscuro. Obi-Wan non ti ha mai detto cosa*
*accadde a tuo padre. Luke: Mi ha detto abbastanza: che sei stato*
*tu a ucciderlo! Vader: No, io sono tuo padre! Luke: No! Non è vero!*
*Non è possibile! Vader: Cerca dentro di te. Tu sai che è vero! Luke:*
*Noooooooo! Nooo! Vader: Luke, tu puoi distruggere l'Imperatore.*
*Lui lo ha previsto. Questo è il tuo destino. Unisciti a me e insieme*
*potremo governare la galassia, come padre e figlio. Vieni con me.*
*E' l'unica strada. Vader mette via la spada e tende la mano a Luke.*
*La calma raggiunge Luke, che prende una decisione. Fa un passo*
*dalla piattaforma sospesa nello spazio. Il Signore Oscuro si affaccia*
*sulla piattaforma di vede Luke precipitare molto al di sotto. Il vento*
*inizia a soffiare su Vader, costringendolo dietro, lontano dal bordo.*
*Il vento si affievolisce presto e lo Jedi ferito precipita velocemente,*
*incapace di afferrare qualsiasi cosa che interrompa la sua caduta.*

della 'purificazione dell'io', in cui i sensi vengono puliti e umiliati e le energie concentrate su questioni trascendentali.

La più antica descrizione che si conosca del passaggio attraverso i cancelli della metamorfosi è il mito sumerico della discesa della dea Inanna all'inferno. Inanna indossò le vesti regali e i gioielli, appese alla cintura sette decreti divini e fu pronta a entrare nella 'terra senza ritorno', il mondo delle tenebre e della morte, governato dalla nemica e sorella, la dea Ereshkigal. "Se sei la regina del cielo", egli replicò, "il luogo dove sorge il sole, perché sei venuta nella terra senza ritorno? Come mai il tuo cuore ti ha condotto sulla via per la quale non si torna indietro?" Inanna ed Ereshkigal, rispettivamente la luce e le tenebre, rappresentano, secondo il simbolismo antico, i due aspetti di un'unica divinità; e il loro confronto costituisce l'epitome dell'intero significato del infausto cammino delle prove.

L'eroe, sia egli dio o dea, uomo o donna, deve mettere da parte il proprio orgoglio, la propria virtù, la bellezza e la vita stessa, e o sottomettersi all'assolutamente intollerabile. Allora scopre ch'egli e il suo contrario non sono di specie diversa, ma sono un'unica carne.

La prova suprema non è che un approfondimento del problema che si pone sulla prima soglia, e che ancora non ha trovato soluzione: può l'io autodistruggersi?

## III.3.2 L'incontro con la dea

Nella Runa I del *Kalevala* si racconta come la vergine figlia dell'aria sia discesa dalle dimore celesti nel mare primitivo e abbia galleggiato per secoli sulle acque eterne. Per sette secoli la Madre-Acqua galleggiò con il figlio in grembo, senza poterlo partorire. Pregò Ukko, il dio altissimo, e questi inviò un anatroccolo a costruire il nido sulle sue ginocchia. Le uova dell'anatroccolo caddero dalle ginocchia e si ruppero; i frammenti formarono la terra, il cielo, il sole, la luna, e le nubi. Quindi la Madre-Acqua, che ancora galleggiava, cominciò anch'essa a formare il mondo. Ma il figlio era ancora nel suo corpo, e aveva raggiunto la mezza età. Prima che Vainamoinen, eroe dalla nascita, potesse raggiungere la terraferma, dovette abitare un secondo ventre materno, quello dell'oceano cosmico. Ormai indifeso, egli dovette subire l'iniziazione delle forze della natura fondamentalmente inumane. Con l'acqua e col vento egli dovette sperimentare ciò che conosceva già così bene.

L'avventura conclusiva, dopo che tutte le barriere e gli orchi sono stati superati, viene comunemente presentata come un matrimonio mistico dell'anima-eroe trionfante con la Dea Signora del Mondo.
La Dea Signora del Mondo è una figura che ricorre nelle favole e nei miti. L'Occidente l'ha incontrata nelle vesti di Brunilde e Rosaspina. È la bellezza personificata, la somma di tutti i desideri, la meta, dispensatrice di beatitudine, della ricerca terrena e ultraterrena dell'eroe. È la madre, la sorella, la moglie, l'amante. Tutto ciò che sembra promettere gioia, non è che un'indicazione della sua

esistenza nel mondo reale. Poiché incarna la promessa della perfezione, la certezza che, al termine di questo esilio in un mondo fallace, ritroveremo la beatitudine che già conoscemmo: la madre buona, confortatrice e nutrice, giovane e bella. Il tempo l'ha allontanata da noi, tuttavia questa esiste sempre, come addormentata nell'eternità, in fondo al mare senza tempo.

Questa immagine, tuttavia, non è sempre soltanto benigna, poiché anche la madre 'cattiva', la madre assente, irraggiungibile, la madre che punisce, ostacola, proibisce, continua a esistere nel regno nascosto delle reminiscenze infantili dell'adulto, e la sua immagine è talvolta la più forte.

È la radice di quelle grandi figure di dee di cui la maggiore rappresentante è la casta e terribile Diana, che, distruggendo il giovane cacciatore Atteone, dimostrò quale pericolo contengono questi simboli dei desideri repressi della mente e del corpo.

*Leia*
*Luke, what's wrong?*

*Luke turns and looks at her a long moment.*
*Luke*
*Leia... do you remember your mother? Your real mother?*

*Leia*
*Just a little bit. She died when I was very young.*

*Luke*
*What do you remember?*

*Leia*
*Just... images, really. Feelings.*

*Luke*
*Tell me.*

*Leia: (a little surprised at his insistence)*
*She was very beautiful. Kind, but... sad. (looks up) Why*
*are you asking me this?*

*He looks away.*

*Luke*
*I have no memory of my mother. I never knew her.*

*Leia*
*Luke, tell me. What's troubling you.*

*Luke*
*Vader is here... now, on this moon.*

*Leia: (alarmed)*
*How do you know?*

*Luke*
*I felt his presence. He's come for me. he can feel when I'm*
*near.*
*That's why I have to go. (facing her)*
*As long as I stay,*
*I'm endangering the group and our mission here.*
*(beat)*
*I have to face him.*

*Leia is distraught, confused.*

*Luke*
*He's my father.*

*Leia*
*Your father?!*


*Luke*
*There's more. It won't be easy for you to hear it, but you must. If I don't make it back, you're the only hope for the Alliance.*


*Leia is very disturbed by this. She moves away, as if to deny it.*
*Leia*
*Luke, don't talk that way. You have a power I-I don't understand and could never have.*


*Luke*
*You're wrong, Leia. You have that power too. In time you'll learn to use it as I have. The Force is strong in my family. My father has it... I have it... and... my sister has it.*


*Leia stares into his eyes. What she sees there frightens her. But she doesn't draw away. She begins to understand.*


*Luke*
*Yes. It's you Leia.*


*Leia*
*I know. Somehow... I've always known.*[2]

---

2        ROTJ - Leia: Luke, che cos'hai? Luke si gira e la guarda per un lungo momento. Luke: Leila... Ti ricordi tua madre? La tua vera madre? Leia: Molto vagamente... È morta quando ero piccola. Luke: Che cosa ricordi? Leia: Immagini... Sensazioni... Come in sogno. Luke: Racconta. Leia: Lei era... Molto bella. Dolce, ma... Triste. Perché me lo chiedi adesso? Luke: Non ricordo per niente mia madre. Non l'ho conosciuta. Leia: Luke, dimmi, perché sei turbato? Luke: Fener è qui, ora, su questo pianeta. Leia:

La figura mitologica della Madre Universale apporta al cosmo gli attributi femminei della propria presenza, nutrice e protettrice. L'immagine è spontanea e ingenua, poiché c'è una stretta analogia fra l'atteggiamento del bambino verso la madre e quello dell'adulto verso il mondo materiale che lo circonda.

Nel linguaggio figurato della mitologia, la donna rappresenta la totalità di ciò che si può conoscere. L'eroe è colui che viene a conoscere. Come egli avanza in quella lenta iniziazione che è la vita, la forma della dea subisce per lui una serie di trasfigurazioni: non può mai essere più grande di lui, anche se può sempre promettere più di quanto egli sia attualmente in grado di comprendere. Lo affascina, lo guida, lo induce a spezzare le proprie catene. E se egli riesce a eguagliare la sua grandezza, i due, il conoscitore e la conosciuta, saranno liberi da ogni limitazione. La donna è la guida verso il sublime acme dell'avventura sensuale. Chi è incapace di vedere, la vede sotto forme meschine; chi è ignorante e maligno la vede brutta e banale. Ma è redenta da colui che com-

---

Come lo sai? Luke: Ho avvertito la sua presenza. È venuto per me. Lui sente quando gli sono vicino. Ecco perché devo andare via: se rimango qui metto in pericolo tutta la squadra e la nostra missione. Devo affrontarlo. Leia è sconvolta, confusa. Leia: Perché?

Luke: È mio padre. Leia: Tuo padre? Luke: E non è tutto. Non ti sarà facile ascoltarlo, ma devi farlo: se io non sopravvivo, solo tu puoi salvare l'Alleanza. Leia è molto disturbata da questo. Si allontana , come a volerlo negare. Leia: Luke non parlare così: tu hai dei poteri del tutto eccezionali che io non ho affatto. Luke: Ti sbagli, Leila: quei poteri li hai anche tu. Col tempo, anche tu imparerai ad usarli. La Forza scorre nella mia famiglia. In mio padre… In me… E in… Mia sorella anche… Leia lo fissa negli occhi. Quello che vede non la spaventa. Ma non distoglie e comincia a capire. Luke: Sì… sei tu, Leila. Leia: Lo so. È come se… Se l'avessi sempre saputo.

prende. L'eroe in grado di prenderla per ciò che è, senza esagerato turbamento ma con gentilezza e la sicurezza che esige, è potenzialmente il re, il dio incarnato del suo mondo creato.

Ecco la storia dei cinque figli del re Eochaid d'Irlanda, come la racconta Campbell, che, recatisi un giorno a caccia, smarrirono la strada per ritornare a casa. Ben presto ebbero sete e partirono, uno alla volta, in cerca d'acqua. Fergus fu il primo a giungere a un pozzo, a guardia del quale c'era una vecchia dall'aspetto ripugnante. "Mi permetti di prendere un po' d'acqua?", chiese Fergus. "Sì, ma solo se mi darai un bacio sulla guancia", fu la risposta. "Oh, no. Ti do la mia parola che, piuttosto che darti un bacio, sono pronto a morire di sete!" Poi il giovane ritornò al luogo dove erano i fratelli e disse loro che non aveva trovato l'acqua. Olioll, Brian e Fiachra partirono a loro volta in cerca di qualcosa da bere e giunsero tutti al medesimo pozzo. Tutti chiesero alla vecchia il permesso ma si rifiutarono di baciarla. Infine fu la volta di Niall, che rispose: "Non solo ti darò un bacio, ma ti abbraccerò!" E quando, fatto questo, la guardò, non v'era al mondo giovane donna più squisitamente bella di lei: simile alla neve fresca sui rami era la sua pelle; rotonde e regali erano le sue braccia, le dita lunghe e affusolate, gambe diritte. Due sandali di bronzo lucente separavano i suoi piedi bianchi e lucidi dal terreno; un ampio mantello della più bella lana e di colore purpureo avvolgeva il suo corpo, trattenuto da un fermaglio di argento chiaro. "Chi sei?", chiese il giovane principe. "Sono Potere Reale".

La dea guardiana del pozzo inesauribile, come Fergus la scoprì, esige che l'eroe sia dotato di quello che i trovatori e i minnesinger chiamarono "il cuore gentile". Non attraverso il desiderio animalesco di Atteone o l'irritato ribrezzo di Fergus ella può essere compresa e servita, ma solo attraverso la gentilezza d'animo.

E quando il protagonista dell'avventura non è un giovane ma una fanciulla, questa è colei che, per le sue qualità, la sua bellezza, e la sua bontà, è degna di diventare la compagna di un immortale. Allora il celeste consorte discende sino a lei e la conduce al proprio letto. E se lo sfugge, alla fine le si aprono gli occhi; se lo cerca, il suo desiderio viene appagato.

*Leia finishes welding the valves she has been working on and attempts to reengage the system by pulling a lever attached to the valve. It doesn't budge. Han notices her struggle, and moves to help her. She rebuffs him.*

Han
*Hey, Your Worship, I'm only trying to help.*

*Leia: (still struggling)*
*Would you please stop calling me that?*

*Han hears a new tone in her voice. He watches her pull on the lever.*

Han
*Sure, Leia.*

Leia
*Oh, you make it so difficult sometimes.*

Han
*I do, I really do. You could be a little nicer, though. (he watches her reaction) Come on, admit it. Sometimes you think I'm all right.*

*She lets go of the lever and rubs her sore hand.*

*Leia*
*Occasionally (a little smile, haltingly) maybe... when you aren't acting like a scoundrel.*

*Han: (laughs)*
*Scoundrel? Scoundrel? I like the sound of that.*

*With that, Han takes her hand and starts to massage it.*

*Leia*
*Stop that.*

*Han*
*Stop what?*
*Leia is flushes, confused.*

*Leia*
*Stop that! My hands are dirty.*

*Han*
*My hands are dirty, too. What are you afraid of?*

*Leia: (looking right into his eyes)*
*Afraid?*

*Han looks at her with a piercing look. He's never looked more handsome, more dashing, more confident. He reaches out slowly and takes Leia's hand again from where it is resting on a console. He draws it toward him.*

*Han*
*You're trembling.*

*Leia*
*I'm not trembling.*

*Then with an irresistible combination of physical strenght
and emotional power, the space pirate begins to draw Leia
toward him... very slowly.*

*Han*
*You like me because I'm a scoundrel. There aren't enough
scoundrels in your life.*

*Leia is now very close to Han and as she speaks, her voice
becomes an excited whisper, a tone completely in opposi-
tion to her words.*

*Leia*
*I happen to like nice men.*

*Han*
*I'm a nice man.*

*Leia*
*No, you're not, you're...*

*He kisses her now, with slow, hot lips. He takes his time,
as though he had forever, bending her body backward. She
has never been kissed like this before, and it almost makes
her faint. When he stops, she regains her breath and tries
to work up some indignation, but finds it hard to talk.*[3]

---

3        ESB – Leia conclude la saldatura delle valvole su cui ha
lavorato e tenta di riattivare il sistema azionando una leva col-
legata alla valvola. Ma questa non si muove. Han si accorge sua
fatica, e si muove per aiutarla. Lei lo respinge. Han: Vostra grazia,
volevo solo aiutare un po'. Leia: Ti dispiace di non chiamarmi
così? Han percepisce un tono nuovo nella sua voce. Lui la guarda

Tutto questo avviene appunto nel ventre della balena, il mostro asteroidale in cui si sono nascosti per sfuggire ai caccia imperiali.

tirare la leva. Han: Certo, Leila. Leia: A volte rendi tutto così difficile. Han: Lo so, è proprio vero. Tu però stai così sulle tue. Andiamo, ammettilo, a volte mi trovi gradevole. Lei lascia andare la leva e si sfrega la mano dolorante. Leia: Qualche volta, può darsi... quando non ti comporti come una canaglia. Han: Canaglia? Canaglia... è carino detto da te. Con questo, Han prende la mano e inizia a accarezzarla. Leia: Lasciami! Han: Perché dovrei? Leia è vampate, confusa .Leia: Smettila, ho le mani sporche. Han: Anche le mie lo sono, di cosa hai paura? Leia: Paura? Han la guarda con uno sguardo penetrante. Non ha mai sembrato più bello, più affascinante, più sicuro. La raggiunge lentamente e le prende di nuovo la mano, appoggiata su una console. La attira verso di sé. Han: Stai tremando. Leia: Ma non sto tremando. Poi, con una combinazione irresistibile di forza fisica e forza emotiva, il pirata dello spazio comincia a tirare Leia verso di sé... molto lentamente. Han: Ti piaccio perché sono una canaglia. Non ci sono canaglie nella tua vita. Leia è ormai molto vicina ad Han e mentre parla, la sua voce diventa un sussurro eccitato, con un tono del tutto in contrasto con le sue parole. Leia: A me piacciono gli uomini per bene. Han: Io sono per bene. Leia: No, non lo sei. Lui ora la bacia, con lenti , calde labbra. Si prende il suo tempo , come se ne avesse per sempre, piegando il suo corpo all'indietro. Non è mai stata baciata così prima d'ora, e si sente quasi svenire. Quando si ferma, si riprende a respirare e cerca di fingere un po' di indignazione, ma stenta a parlare.

### III.3.3 La donna quale tentatrice

Il matrimonio mistico con la dea regina del mondo simboleggia il completo dominio della vita da parte dell'eroe; poiché la donna è vita, ed eroe è colui che la domina. E le prove affrontate dall'eroe, che preludevano alla sua impresa finale, sono simboli di quelle crisi attraverso la quale la sua conoscenza viene ampliata, così da porlo in grado di sostenere il completo possesso della madre quale distruttrice, la sua inevitabile sposa. Con ciò egli sa che lui e il padre sono uno solo: egli ha preso il posto del padre. Quando l'equivoco di Edipo (o di Amleto) non viene superato, il mondo, il corpo, e soprattutto la donna non sono più simboli di vittoria, ma di sconfitta. L'eroe non può più giacere innocentemente con la dea, poiché questa è divenuta la regina del peccato.

Come ho accennato precedentemente a proposito della figura dell'Ombelico del Mondo, l'acqua femminile fecondata spiritualmente dal fuoco maschile dello Spirito Santo è la controparte cristiana dell'acqua di trasformazione presente in tutte le mitologie. Entrare in questa fonte vuol dire tuffarsi nel regno dei misteri notturni.[4] Questo rito costituisce una variante del matrimonio sacro, che è la fonte che genera e rigenera il mondo e l'uomo, il mistero simboleggiato dal lingam, la pietra sacra della tradizione indù.

La città, la Gerusalemme Celeste, è identificata, sul

---

4    Nelle catene simboliche tradizionali il principio femminile della manifestazione è omologato, in quanto principio passivo e 'lunare', alla notte. Ora, per una curiosa coincidenza, in arabo, lingua sacra dell'Islam, leia significa propriamente 'notte'.

piano apocalittico, con un edificio singolo o tempio, una 'casa con molte dimore' di cui gli individui sono 'pietre viventi', per usare un'espressione del Nuovo Testamento. L'uso umano del mondo inorganico implica tanto la strada maestra quanto la città con le sue vie, e la metafora della 'via' è inseparabile da tutta la narratività di ricerca. A questa categoria appartengono anche le immagini geometriche e architettoniche: la Torre di Babele, la scala di Giacobbe, la scala dei poeti dell'amore neoplatonico, la figura a spirale della cornucopia, il sontuoso palazzo ordinato da Kublai Khan.

*EXTERIOR: BESPIN SYSTEM - MILLENIUM FALCON - DAWN*
*The powerful pirate starship blasts through space as it heads toward the soft pink planet of Bespin.*

*EXTERIOR: BESPIN SURFACE - MILLENIUM FALCON*
*It is down on the gaseous planet. Huge billowing clouds form a canyon as the ship banks around them, heading toward the system's Cloud City.*[5]

A livello archetipo propriamente detto, la natura è capace di contenere l'uomo. A un altro livello, l'uomo è a sua volta capace di contenere la natura, e le sue città e i

---

5      ESB - ESTERNO: SISTEMA DI BESPIN- MILLENNIUM FALCON - ALBA
La potente nave stellare viaggia attraverso lo spazio mentre dirigendosi verso il soffice pianeta rosa di Bespin.
ESTERNO: SUPERFICIE DI BESPIN- MILLENNIUM FALCON
È sul pianeta gassoso. Enormi nuvole fluttuanti formano un canyon tra le banchine di navi intorno a loro, in direzione del sistema di Cloud City.

suoi giardini non sono più delle piccole intaccature sulla superficie della terra, ma le forme dell'universo umano. Perciò non è più possibile limitare l'uomo a due soli elementi naturali di terra e aria.

Il pianeta Bespin si presenta come il luogo dei destini incrociati, il luogo in cui avviene la rivelazione di Darth Vader e il luogo della "morte" di Han Solo. In un mondo cui è connessa l'istanza della sterilità e dell'impotenza, nonché l'iconografia della terra desolata e della natura decaduta, c'è l'esigenza di sacrifici umani di giovani eletti, per saziarsi e autogiustificarsi.

L'eroe benedetto dal padre torna tra gli uomini per rappresentare il padre. Come maestro (Mosè) o come imperatore (Huang Ti), la sua parola è legge. Avendo ritrovato la fonte, egli rende visibili la pace e l'armonia del centro. Egli è un riflesso dell'Asse del Mondo dal quale partono i cerchi concentrici, la Montagna del Mondo, l'Albero del Mondo, egli è il perfetto specchio microcosmico del macrocosmo.

Il simbolismo, legato all'idea di 'centro', ci porta a sottolineare che ai medesimi significati sono rapportabili anche le varie figurazioni dei 'monti sacri', fra i quali possiamo ricordare il monte Meru della tradizione indù o, più vicini alla nostra tradizione, il Parnaso e l'Olimpo greco, sede degli dei, il Palatino, legato alla funzione regale della antica tradizione romana, nonché il Sinai e il Golgota, inerenti alla funzione profetica della mitologia giudeo-cristiana. Vediamo a questo proposito l'uso in ANH dei templi maya di Tikal per rappresentare l'avamposto Massassi sul pianeta Yavin IV, luogo in cui è ambientata la sequenza dell'attacco alla prima Death Star, come visione del luogo della rievocazione delle montagne sacre e dei significati cosmici a esse riconosciuti: salire verso la loro cima equivale a muovere dal mondo profano verso quello soprannaturale.

### III.3.4 La riconciliazione con il padre

*Luke ignites his lightsaber and screams in anger, rushing at his father with a frenzy we have not seen before. Sparks fly as Luke and Vader fight in the cramped area. Luke's hatred forces Vader to retreat out of the low area and cross a bridge overlooking a vast elevator shaft. Each stroke of Luke's sword drives his father further toward defeat.*
*The Dark Lord is knocked to his knees, and as he raises his sword to block another onslaught. Luke slashes Vader's right hand off at the wrist, causing metal and electronic parts to fly from the mechanical stump. Vader's sword clatters uselessly away, over the edge of the platform and into the bottomless shaft below. Luke moves over Vader and holds the blame of his sword to the Dark Lord's throat. The Emperor watches with uncontrollable, pleased agitation.*

*Emperor*
*Good! Your hate has made you powerful.*
*Now, fulfill your destiny and take your father's place at my side!*

*Luke looks at his father's mechanical hand, then to his own mechanical, black-gloved hand, and realizes how much he is becoming like his father. He makes the decision for which he has spent a lifetime in preparation. Luke steps back and hurls his lightsaber away.*

*Luke*
*Never! I'll never turn to the dark side. You've failed, Your Highness. I am a Jedi, like my father before me.*

*The Emperor's glee turns to rage.*

*Emperor*
*So be it... Jedi.*[6]

L'eroe mitologico, infatti, non è il campione delle cose divenute, ma di quelle che divengono; il drago che deve uccidere è il mostro dello status quo, dell'immobilità. L'eroe emerge dall'oscurità, ma il nemico è forte, perché sfrutta a proprio vantaggio l'autorità della sua posizione. Il tiranno è superbo e in questo sta la sua condanna. È superbo perché pensa che la sua forza gli appartenga; il suo destino non può che essere quello di venire scon-

---

6        ROTJ - Luke accende la sua spada laser e urla di rabbia, correndo verso suo padre con una frenesia mai vista prima d'ora. Le scintille volano mentre Luke e Vader lottano nello spazio angusto. L'odio di Luke costringe Vader a ritirarsi dalla zona bassa e ad attraversare un ponte che si affaccia su un ampio vano ascensore. Ogni colpo di spada di Luke spinge il padre sempre più verso la sconfitta. Il Signore Oscuro è in ginocchio, e mentre solleva la spada per bloccare un altro attacco Luke taglia di netto la mano destra di Vader, facendo volare metallo e parti elettroniche via dal tronco meccanico. La spada di Vader vola rumorosamente via, oltre il bordo della piattaforma e precipitando nel pozzo senza fondo. Luke si muove sopra Vader e punta la sua spada alla gola del Signore Oscuro. L'imperatore guarda con incontenibile agitazione, contento. Imperatore: Bene! Il tuo odio ti ha fatto potente. Ora adempi il tuo destino e prendi il posto di tuo padre al mio fianco. Luke guarda la mano meccanica del padre, poi alla sua mano meccanica, guantata di nero, e si rende conto di quanto stia diventando come suo padre. Prende allora la decisione per la quale ha speso una vita in preparazione. Luke fa un passo indietro e lancia distante la spada laser. Luke: No, mai. Non passerò mai al Lato Oscuro. Avete fallito, altezza. Sono uno Jedi, come mio padre prima di me. La gioia dell'Imperatore si trasforma in rabbia. Imperatore: Sia come vuoi... Jedi.

fitto. L'eroe mitologico, uscendo dall'oscurità, conosce il segreto della condanna del tiranno. Con un gesto semplice come premere un bottone del proprio X-wing, egli distrugge l'impressionante configurazione del Male. La trasformazione, la fluidità, e non l'ostinatezza sono le caratteristiche del Dio vivente. E la grande figura dell'orco tiranno è quella di essere il campione del fatto prodigioso, l'eroe, viceversa, incarna il campione della vita creativa.

L'egemonia strappata al nemico, la libertà conquistata abbattendo il mostro, l'energia vitale liberata, è simboleggiata da una donna. È la principessa prigioniera dei draghi, la sposa rapita al padre geloso, la vergine salvata allo stupro. È 'l'altra parte' dell'eroe stesso, poiché 'ciascuno è entrambi': s'egli è un monarca del mondo, lei è il mondo, s'egli è un guerriero lei è la fama. È l'immagine del destino ch'egli deve liberare dalla prigione delle circostanze esterne. Ma quando egli ignora il proprio destino o è ingannato da false considerazioni, nessuno sforzo da parte sua varrà a superare l'ostacolo.

Il potere di Dio, che difende il peccatore dalla rappresentazione del suo peccato, viene definito nel linguaggio tradizionale cristiano 'pietà' di Dio; e il grande potere dello spirito di Dio, per mezzo del quale il cuore subisce una trasformazione è la 'grazia' di Dio. Nella maggior parte delle mitologie le immagini di pietà e di grazia sono altrettanto vivide ed efficaci di quelle di giustizia e d'ira, così che l'equilibrio è salvo. Il potere magico dei sacramenti, il potere protettivo degli antichi amuleti e i soprannaturali soccorritori dei miti e delle favole di tutto il mondo, rappresentano l'assicurazione che i pericoli non lo sono fino in fondo quanto sembrano.

La conciliazione con il padre altro non è che l'abbandono di quel doppio mostro autogeneratosi, il drago visto come Dio e il drago visto come peccato. Ma ciò esige che si perda ogni attaccamento al proprio io, e qui sta il difficile.

È in questa prova che l'eroe trae a volte speranza e fiducia da una figura femminile soccorritrice, che in virtù della sua grazia lo protegge durante le terribili esperienze dell'iniziazione. Poiché, se è impossibile aver fiducia nel padre che si presenta nel suo aspetto terrificante, è necessario trasferire in qualcos'altro la propria fede (nella Donna Ragno, nella Vergine Maria); e sostenuti da questa fiducia si possono superare le crisi, per scoprire, alla fine, che il padre e la madre non sono che il riflesso dell'altro, e sono essenzialmente la stessa cosa.

*EXTERIOR: BOTTOM OF CLOUD CITY - WEATHER VANE - DUSK*
*Unable to hang onto the pipe, Luke tumbles out, emerging at the undermost part of Cloud City. Reaching out desperately, he manages to grab onto on electronic weather vane.*

*Luke*
*Ben... Ben, please!*

*Luke tries to pull himself up on the weather vane but slips back down. He hooks one of his legs around the fragile instruments. All the while, a powerful current of air rushes out at him from the exhaust pipe.*

*Luke*
*Ben. Leia!*

*There is an ominous cracking sound from the base of the weather vane and a piece breaks off, falling into the clouds far below.*

*Luke*
*Hear me! Leia!*

*INTERIOR: MILLENIUM FALCON - COCKPIT*
*Leia seems to be lost in a fog, her expression troubled.*
*Chewie is busy operating the ship. Lando stands next to*
*the Wookie, watching a readout on the control panel.*

*Leia*
*Luke... We've got to go back*

*Chewie growls in surprise.*

*Lando*
*What?*

*Leia*
*I know where Luke is.*[7]

---

7       ESB - ESTERNO: BASSIFONDI DI CLOUD CITY -
SEGNAVENTO - CREPUSCOLO
Impossibilitato ad appendersi al tubo, Luke cade all'esterno, nella
parte inferiore di Cloud City. Luke: Ben. Ben, ti prego. Raggiungendo l'esterno disperatamente, riesce ad aggrapparsi alla
banderuola elettronica. Luke cerca di tirarsi su per la banderuola,
ma scivola verso il basso. Si aggancia con le gambe alla fragile
strumentazione. Nel frattempo, una forte corrente d'aria fuoriesce
dal tubo di scarico abbattendosi su di lui. Luke: Ben. Leila. C'è
un scricchiolio sinistro dalla base della banderuola e un pezzo si
rompe, precipitando nelle nuvole molto al di sotto. Luke: Sentite-
mi! Leila!
INTERNO: MILLENNIUM FALCON - ABITACOLO
Leia sembra essere persa in una nebbia, la sua espressione è
turbata. Leia: Luke. Torniamo indietro. Chewie è occupato nelle
manovre. Lando si trova accanto al Wookie, preso con il pannello
di controllo. Chewie ringhia sorpreso. Lando: Cosa?
Leia: Io so dov'è Luke.

Il concetto tradizionale d'iniziazione associa l'apprendimento delle tecniche e dei doveri a un radicale ridimensionamento dei suoi rapporti con le figure genitoriali. Il maestro deve affidare i simboli del potere soltanto al figlio che sia stato effettivamente liberato da tutti i legami dell'infanzia.

Idealmente il figlio investito del potere è stato spogliato della propria umanità ed è diventato il rappresentante di un'impersonale forza cosmica. Egli è nato due volte: è diventato egli stesso il proprio padre. E di conseguenza, egli è ora a sua volta in grado di sostenere il ruolo dell'iniziatore, della guida, della porta attraverso la quale si passa dalle immagini infantili di 'buono' e 'cattivo' alla conoscenza della legge cosmica, liberati da ogni esperienza e timore, e beati nella comprensione della rivelazione dell'essere.

*Vader*
*You are beaten. It is useless to resist. Don't let yourself be destroyed as Obi-Wan did.*

*Luke answers by rolling sideways and thrusting his sword at Vader so viciously that he nicks Vader on the shoulders. The black armor sparks and smokes and Vader seems to be hurt, but immediately recovers.*

*Luke backs off along the narrow end of the gantry as Vader comes at him, slashing at the young Jedi with his sword. Luke makes a quick move around the instrument complex attached to the end of the gantry. Vader's sword comes slashing down, cutting the complex loose; it begins to fall, then is caught by the rising wind and blown upward.*

*Luke glances at the instrument complex floating away.*
*At that instant, Vader's sword comes down across Luke's*
*right forearm, cutting off his hand and sending his sword*
*flying. In great pain, Luke squeezes his forearm under his*
*left armpit and moves back along the gantry to its extreme*
*end. Vader follows. The wind subsides. Luke holds on.*
*There is nowhere else to go.*[8]

La lunga serie di riti culmina in molte culture nella liberazione del pene del bambino del prepuzio, per mezzo
della circoncisione. Questi riti e miti sono diffusissimi
in tutto il mondo antico: la morte e la resurrezione di
Tammuz, Adone, Mitra, Virbio, Attis, e Osiride, e dei
vari animali che li rappresentano (capre e pecore, tori,
porci, pesci e uccelli) sono noti agli studiosi di religione
comparata e sono ancora presenti nel calendario con le
feste che si celebrano presso molti popoli all'inizio delle
stagioni o in particolari giorni dell'anno. E attraverso la
chiesa cattolica (con la mitologia della Caduta e della

---

8        ESB - Vader: Sei battuto. È inutile resistere. Non
lasciarti distruggere come fece Obi-Wan. Luke risponde facendo
rotolare di lato e spingendo la sua spada contro Vader così violen-
temente da colpirlo sulle spalle. Le scintille brillano sull'armatura
nera e Vader sembra ferito, ma recupera immediatamente. Luke
sfila lungo l'estremità più stretta della banchina mentre Vader lo
raggiunge, colpendo il giovane Jedi con la sua spada. Luke fa un
movimento rapido intorno alla strumentazione alla fine della
banchina. La spada di Vader colpisce verso il basso, tagliando i
macchinari; comincia a cadere, poi viene catturato dal vento in
aumento e trasportato verso l'alto. Luke lancia un'occhiata alla
strumentazione. In quel momento, la spada di Vader colpisce
l'avambraccio destro di Luke, tranciandogli di netto la mano
e facendo volare via la spada. Con gran dolore, Luca stringe
l'avambraccio sotto l'ascella sinistra e si muove indietro lungo la
banchina. Vader lo segue. Il vento si placa. Luke si aggrappa. Non
c'è altra via di fuga.

Redenzione, della Crocifissione e Resurrezione, della 'seconda nascita' del battesimo, il simbolico cibarsi della Carne e del Sangue) noi siamo uniti solennemente a quelle immortali rappresentazioni di potere iniziatorio grazie alla cui azione sacramentale l'uomo ha dissipato le paura proprie del suo essere mortale e ha raggiunto la visione trasfiguratrice dell'essere immortale.

La sintesi di dio-sole e dio-bufera ci è familiare: la incontriamo nella mitologia ebraica in Jehovah (che assomma in sé i caratteri di una doppia divinità, Jehovah, il dio-bufera, ed El, il dio-sole); nel padre dei Gemelli Guerrieri della leggenda navajo; in Zeus, in Thor sull'orlo del Bifrost, e in certe rappresentazioni della figura del Buddha. Indica che la grazia che si riversa nell'universo attraverso la porta del sole s'identifica con l'energia del fulmine che distrugge ed è essa stessa indistruttibile: la luce annientatrice dell'Indistruttibile è al tempo stesso la luce che crea.

*Emperor*
*Now, young Skywalker... you will die.*

*Although it would not have seemed possible, the outpouring bolts from the Emperor's fingers actually increases in intensity, the sound screaming through the room. Luke's body writhes in pain.*
*Vader grabs the Emperor from behind, fighting for control of the robed figure despite the Dark Lord's weakened body and gravely weakened arm. The Emperor struggles in his embrace, his bolt-shooting hands now lifted high, away from Luke. Now the white lightning arcs back to strike at Vader. He stumbles with his load as the sparks rain off his helmet and flow down over his black cape. He holds his evil master high over his head and walks to the edge of the abyss at the central core of the throne room. With one final*

*burst of his once awesome strenght, Darth Vader hurls the Emperor's body into the bottomless shaft.*[9]

Il paradosso della creazione, il trasferimento delle forme dall'eternità nel tempo, costituisce il fondamentale segreto del padre, che non può essere completamente spiegato. In tutte le teologie vi è perciò un tallone d'Achille sul quale si sono posate le dita della madre vita, e dove si è infranta la possibilità della conoscenza perfetta. Il problema dell'eroe è quello di trafiggere se stesso proprio in quel punto, di sciogliere e distruggere quel nodochiave della sua esistenza limitata. Il problema dell'eroe che si reca a incontrare il padre è quindi quello di aprire la propria anima, così da essere in grado di comprendere il dolore del mondo e renderlo trascendente. L'eroe oltrepassa la vita grazie al suo potere e per un momento riesce a intravedere la fonte della vita. Egli contempla il volto del padre, comprende, e padre e figlio si riconciliano.

Il figlio che ha conosciuto veramente il padre sopporta facilmente le agonie delle prove; il mondo per lui non è più una valle di lacrime ma una perpetua, beatificante manifestazione di Dio.

---

9        ROTJ - Imperatore: E ora, giovane Skywalker... tu morirai. Anche se non sarebbe sembrato possibile, i fulmini emessi dalle dita dell'Imperatore aumentano di intensità, lo stridore risuona attraverso la stanza. Il corpo di Luke si contorce dal dolore. Vader afferra l'Imperatore da dietro, nonostante il corpo indebolito e il braccio gravemente ferito. L'Imperatore si dimena nel suo abbraccio, i fulmini sono ora proiettati in alto, lontano da Luke. Ora i fulmini bianchi colpiscono Vader che inciampa con il suo carico, mentre le scintille cadono a pioggia sul casco e lungo il mantello nero. Solleva il suo maestro sopra la testa e si dirige verso il bordo del pozzo centrale della sala del trono. Con uno sforzo finale, Darth Vader scaraventa il corpo dell'Imperatore nel pozzo senza fondo.

## III.3.5 Apoteosi

*INT. MASSASSI OUTPOST - MAIN THRONE ROOM*
*Luke, Han, and Chewbacca enter the huge ruins of the*
*main temple. Hundreds of troops are lined up in the neat*
*rows. Banners are flying and at the far end stands a vision*
*in white, the beautiful young Senator Leia. Luke and the*
*others solemnly match up the long aisle and kneel before*
*Senator Leia. From one side of the temple marches a shi-*
*ned-up and fully repaired Artoo-Detoo. He waddles up to*
*the group and stands next to an equally pristine Threepio,*
*who is rather awestruck by the whole event. Chewbacca*
*is confused. Dodonna and several other dignitaries sit on*
*the left of Princess Leia. Leia is dressed in a long white*
*dress and is staggeringly beautiful. She rises and places a*
*gold medallion around Han's neck. He winks at her. She*
*then repeats the ceremony with Luke, who is moved by the*
*event. They turn and face the assembled troops, who all*
*bow before them. Chewbacca growls and Artoo beeps with*
*happiness.* [10]

10      ANH – INTERNO: AVAMPOISTO DI MASSASSI –
CAMERA DEL TRONO
Luke, Han e Chewbacca entrano nelle enormi rovine del tempio
principale. Centinaia di soldati sono allineati in file ordinate.
Stendardi svolazzano, mentre sul fondo appare una visione in
bianco, la bella e giovane senatrice Leia. Luke e gli altri solennemente affrontano il lungo corridoio e si inginocchiano davanti a
Leia. A un lato del tempio stanno Artoo – Detoo, completamente
riparato. Si agita alla vista del gruppetto, al fianco di un droide
altrettanto in ordine, piuttosto intimorito dall'evento . Chewbacca
è confuso. Dodonna e molti altri dignitari siedono alla sinistra
della principessa Leia. Leia è vestit< con un lungo abito bianco ed
è incredibilmente bella. Si alza e pone un medaglione d'oro intor-

Ciò che dobbiamo innanzi tutto sottolineare qui è l'erma-froditismo del Bodhisattva: maschio in Avalokiteshvara, femminile in Kwan Yin. Come i due gemelli Luke e Leia, gli dei bisessuali non sono rari nel mondo del mito. Essi sono sempre circondati da un certo mistero, poiché conducono la mente oltre l'esperienza obiettiva, in un regno simbolico dove il dualismo non ha accesso.

Il trasferimento dell'aspetto femminile in un'altra forma simboleggia l'inizio del declino della perfezione nella dualità; e a esso segue naturalmente la scoperta della dualità fra buono e cattivo, la cacciata dal paradiso terrestre e quindi l'erezione del muro del Paradiso, che preclude all'essere vivente non soltanto la visione ma persino il ricordo dell'immagine di Dio.

In svariate versioni è presente in molte culture del mondo, e costituisce uno dei modi più diffusi di rappresentare simbolicamente il mistero della creazione: il trasformarsi dell'eternità in tempo, il suddividersi dell'uno nei due e poi nei molti, e la produzione di nuova vita per mezzo del ricongiungimento dei due. Questa immagine si trova all'inizio del ciclo cosmogonico, e, altrettanto opportunamente, alla conclusione del ciclo dell'eroe, quando il muro del Paradiso si dissolve davanti a lui, ed egli incontra la forma divina e riconquista la saggezza.

Il padre, quale primo intruso che viene a turbare il paradiso del figlio e della madre, è il nemico archetipo; per questo, tutti i nemici che s'incontrano nella vita simboleggiano il padre. Tutto ciò che viene ucciso diventa il padre. Questo è il significato dell'immagine del dio bisessuale. Noi veniamo strappati alla madre, e assimilati

---

no al collo di Han. Gli strizza l'occhiolino . Poi ripete la cerimonia con Luke, che si commuove. Si girano e si mostrano alle truppe presenti, e tutti si inchinano a loro. Chewbacca ringhia e Artoo emette un fischio di felicità.

al corpo dell'orco per il quale tutte le forme e gli esseri non sono che le portate di un banchetto; ma poi, miracolosamente rinati, noi siamo più di ciò che eravamo.

In tal modo, le sue avventure mitologiche apparentemente opposte, l'Incontro con la Dea e la Riconciliazione con il Padre, si fondono in una sola. Nella prima, infatti, l'iniziato apprende che il maschio e la femmina sono (come è detto nella 'Brihadaranyaka Upanishad') "le due metà di un pisello spaccato", mentre la seconda gli rivela che il padre è anteriore alla separazione dei sessi. E in entrambe si scopre che l'eroe è egli stesso ciò che è venuto a cercare.

Ciò che dobbiamo sottolineare, in secondo luogo, nel mito del Bodhisattva, è l'annullamento di ogni distinzione fra vita e liberazione-dalla-vita, simboleggiato nella rinuncia del Bodhisattva al Nirvana.

Un altro aspetto straordinario del mito del Bodhisattva è che la sua prima caratteristica (l'ermafroditismo) simboleggia la seconda (l'identità fra l'eternità e il tempo). Infatti, nel linguaggio figurato delle rivelazioni divine, il mondo del tempo è il grembo fecondo della madre, dove la vita, generata dal padre, si forma dall'unione delle tenebre di lei con la luce di lui. E l'uomo concepito in lei sa che proviene dal padre e a lui ritorna, e sa che madre e padre sono un'unica sostanza. Dall'unione dei due ha origine il mondo, nel quale tutte le cose sono insieme temporali ed eterne, create a immagine di questo Dio maschio-femmina. La figura maschile può anche essere considerata come il simbolo del principio, del metodo iniziatore, e in questo caso la figura femminile rappresenta la meta cui l'iniziazione conduce. Ma questa meta è il Nirvana (eternità). Perciò il maschio e la femmina devono essere entrambi considerati alternativamente, come tempo ed eternità. I due cioè sono una stessa cosa, ciascuno è entrambi, e la forma dualistica è soltanto un effetto dell'illusione, che tuttavia non è per se stessa diversa dall'illuminazione.

È questa una grandiosa affermazione del paradosso attraverso il quale il muro delle coppie di contrari viene abbattuto e al candidato viene consentita la visione del Dio, il quale, quando creò l'uomo a propria immagine, lo creò maschio e femmina.

La rivelazione della bisessualità dell'eroe avviene sul pianeta Endor, luogo della seconda battaglia contro la Death Star, dove avviene l'agnizione da parte di Leia Organa:

## EXTERIOR: FOREST LANDING SITE - ENDOR
*The stolen Imperial shuttle sits in a clearing of the moon's dark, primeval forest, dwarfed by the ancient, towering trees.[11]*

---

11      ROTJ - ESTERNO: SITO DI ATTERRAGGIO NELLA FORESTA - ENDOR
La navetta imperiale sequestrata è ferma in una radura scura, la foresta primordiale della luna, all'ombra degli antichi alberi torreggianti.

## III.3.6 L'ultimo dono


*INT. LUKE'S X-WING - COCKPIT*
*Luke lines up the yellow cross-hair lines of the targeting*
*devide's screen. He looks into the targeting device, then*
*starts at the voice he hears.*


Ben's voice
Use the Force, Luke.


*EXT. SURFACE OF THE DEATH STAR*
*The Death Star's trench zooms by.*


*INT. LUKE'S X-WING - COCKPIT*
*Luke looks up, then starts to look back into the targeting*
*device. He has second thoughts.*[12]


Ben's voice
Let go, Luke.


*A grim determination sweeps across Luke's face as he closes*

---

12        ANH – INTERNO: X - WING DI LUKE- ABITACO-
LO
Luke allinea le righe gialle dello schermo puntatore. Si guarda nel
dispositivo di mira, quando sente una voce. Voce di Ben: Usa la
Forza, Luke
ESTERNO. SUPERFICIE DELLA MORTE NERA
Zoom sulla trincea della Morte Nera.
INTERNO: X - WING DI LUKE- ABITACOLO
Luke alza lo sguardo, poi tira indietro il dispositivo di punta-
mento. Ci ripensa. Voce di Ben:  Segui l'istinto, Luke. Una cupa
determinazione si forma sul viso di Luke mentre chiude gli occhi
e si concentra sull'insegnamento di Ben.

*his eyes and starts to mumble Ben's training to himself.[13]*

La facilità con la quale questa avventura si compie indica che l'eroe è un uomo superiore, un re nato. Tale facilità contraddistingue numerose favole e tutte le leggende che narrano le gesta degli dei incarnati. Laddove il classico eroe dovrebbe superare una prova, l'eletto non incontra ostacoli e non commette errori. Come abbiamo notato precedentemente il pozzo rappresenta l'Ombelico del Mondo. La fortezza della Morte Nera è il castello addormentato, l'ultimo abisso nel quale l'individuo è sul punto di dissolversi in energia indifferenziata: questo dissolversi significherebbe per lui la morte, pertanto la morte serve, anche, a contenere questa energia.

La figura di Obi-Wan Kenobi, lo stregone come centro di tutte le società primitive, trova la propria origine negli impulsi infantili di distruzione del corpo, per mezzo di una serie di meccanismi di difesa. Un altro simbolo dell'indistruttibilità è costituito dal popolare concetto del 'doppio' spirituale, un'anima esterna che non è afflitta dalle perdite e dalle ingiurie subite dal corpo, come invece è avvenuto al corpo di Anakin Skywalker, ma esiste integra in un luogo lontano.

---

13      ANH – INTERNO: X - WING DI LUKE- ABITACO-LO
Luke allinea le righe gialle dello schermo puntatore. Si guarda nel dispositivo di mira, quando sente una voce. Voce di Ben: Usa la Forza, Luke
ESTERNO. SUPERFICIE DELLA MORTE NERA
Zoom sulla trincea della Morte Nera.
INTERNO: X - WING DI LUKE- ABITACOLO
Luke alza lo sguardo, poi tira indietro il dispositivo di puntamento. Ci ripensa. Voce di Ben: Segui l'istinto, Luke. Una cupa determinazione si forma sul viso di Luke mentre chiude gli occhi e si concentra sull'insegnamento di Ben.

EXTERIOR: ENDOR FOREST - NIGHT
*Luke sets a torch to the logs stacked under a funeral pyre where his father's body lies, again dressed in black mask and helmet. He stands, watching sadly, as the flames leap higher to consume Darth Vader-Anakin Skywalker. In the sky above, fireworks explode and Rebel fighters zoom above the forest.*[14]

La vittoria del Buddha sotto l'Albero Bo è il classico esempio di questo atto. Con la spada della sua mente egli squarciò la bolla dell'universo e questo si estinse nel nulla. L'intero mondo dell'esperienza naturale, nonché i continenti, i cieli e gli inferni della religione tradizionale, esplosero, insieme ai loro dei e demoni. Ma il miracolo dei miracoli fu che, dopo essere esploso, si rinnovò e rinacque, e splendette per l'eternità. Infatti gli dei del cielo levarono la loro voce per acclamare all'unisono l'uomo-eroe che era riuscito a penetrare al di là di loro stessi, nel vuoto che era la loro vita e la fonte.

---

14      ROTJ - ESTERNO: FORESTA DI ENDOR - NOTTE
Luke depone una torcia tra i tronchi accatastati di una pira funeraria dove riposa il corpo di suo padre, con indosso maschera e casco nero. Si alza, lo guarda con tristezza, mentre le fiamme alte consumano Darth Vader - Anakin Skywalker. Nel cielo sopra, fuochi d'artificio esplodono e piloti ribelli volano sopra la foresta.

## III.4 Il ritorno

### III.4.1 Il rifiuto a ritornare

L'eroe, conclusa la propria ricerca con la penetrazione nella fonte, o per mezzo della grazia di qualche personificazione maschile o femminile, umana o animale, deve far ritorno a casa con il suo trofeo, portatore di nuova vita. Portando con sé il Vello d'Oro, o la sua principessa addormentata, il monomito esige che l'eroe intraprenda un faticoso cammino fra uomini, dove il dono ricevuto potrà contribuire a rinnovare la comunità.
Ma spesso l'eroe non accetta questa responsabilità.

C'è un commovente racconto che parla di un antico re guerriero indù chiamato 'Muchukunda'. Egli era uscito dal fianco sinistro del padre, avendo il padre ingoiato per errore una pozione fecondatrice che i bramini avevano preparato per sua moglie; e, mantenendo la promessa contenuta in questo simbolico miracolo, lo straordinario essere senza madre, frutto del seno maschile, divenne un tale re fra i re che gli dei, quando stavano per soccombere nella loro perpetua lotta contro i demoni, lo chiamarono in aiuto. Egli conquistò loro una splendida vittoria; e gli dei, riconoscenti, gli concessero di realizzare il suo più ardente desiderio.
Il re Muchukunda era molto stanco dopo la battaglia e ciò che richiese fu di poter dormire un sonno senza fine e che ogni persona che tentasse di svegliarlo fosse incenerita dal suo primo sguardo. Il desiderio venne esaudito.

Allo stesso modo il giovane Skywalker teme il dover affrontare nuovamente suo padre, il terribile Darth Vader, e rinuncia all'addestramento da parte di Yoda per salvare la vita dei compagni.

*EXTERIOR: DAGOBAH BOG DUSK*
*In the bright lights of the fighter, Luke loads a heavy case into the belly of the ship. Artoo sits on top of the X-wing, setting down into his cubbyhole. Yoda stands nearby on a log.*

Yoda
*Luke! You must complete the training.*

Luke
*I can't keep the vision out of my head. They're my friends. I've got to help them.*

Yoda
*You must not go!*

Luke
*But Han and Leia will die if I don't.*

Ben's voice
*You don't know that.*

*Luke looks toward the voice in amazement. Ben has materialized as a real, slightly shimmering image near Yoda. The power of his presence stops Luke.*

Ben
*Even Yoda cannot see their fate.*

*Luke*
*But I can help them! I feel the Force!*

*Ben*
*But you cannot control it. This is a dangerous time for you, when you will be tempted by the dark side of the Force.*

*Yoda*
*Yes, yes. To Obi-Wan you listen. The cave. Remember your failure at the cave! [1]*

---

1      ESB - ESTERNO: PALUDE DI DAGOBAH - CREPU-
SCOLO
Alla luce del caccia stellare, Luke deposita un carico pesante nella pancia della nave. Artoo si trova sulla cima della X-wing, nel suo abitacolo. Yoda si trova nelle vicinanze su un tronco. Yoda: Luke, devi finire il tuo tirocinio. Luke: Non riesco a togliermi quell' immagine dalla testa, devo aiutarli. Yoda: Non devi andare, Luke! Luke: Se non vado Han e Leila moriranno! Ben: Questo non lo sai. Luke guarda verso la voce con stupore. Ben si è materializzato come una presenza reale, in un'immagine brillante al fianco di Yoda. La sua presenza blocca Luke. Ben: Perfino Yoda non può vedere il loro destino. Luke: Li aiuterò, so che posso! Sento in me la Forza. Ben: Ma non sai controllarla. Questo è un momento pe-ricoloso per te, in cui tu subirai la tentazione del lato oscuro della Forza. Yoda: Sì, sì. A Obi-Wan dai ascolto. La grotta. Ricorda il tuo fallimento alla grotta.

## III.4.2 La fuga magica

Se l'eroe, nel suo trionfo, ottiene il favore della dea o del dio, ed è quindi incaricato di ritornare nel mondo con qualche elisir capace di ristorare la società, la fase finale della sua avventura è facilitata e appoggiata da tutti i poteri del suo patrono soprannaturale.

Se, al contrario, il trofeo è stato conquistato a dispetto del suo guardiano, o se il desiderio dell'eroe di far ritorno nel mondo è avversato dagli dei o dai demoni, l'ultima fase del viaggio mitologico diventa un movimentato e spesso comico inseguimento. La fuga dell'eroe è a volte resa difficile da magici ostacoli e da evasioni, come ci ricorda Omero nel suo racconto del viaggio di ritorno a Itaca di Odisseo.

Gli abitanti del Galles raccontano di un eroe, Gwion Bach, che si ritrovò nella Terra sotto le Onde. Sul fondo del lago si trovava allora un antico gigante, Tegid il Calvo, insieme a sua moglie Caridwen. Quest'ultima possedeva un immenso paiolo nel quale voleva far bollire un decotto di scienza e ispirazione, e affidò all'eroe l'incarico di rimestare l'intruglio per un anno e un giorno. Poiché il liquido scottava, l'eroe vi mise il dito in bocca, e nell'istante in cui le gocce incantate toccarono le labbra egli ebbe la rivelazione di ciò che sarebbe accaduto in seguito, e comprese che avrebbe dovuto stare in guardia contro i sortilegi di Caridwen. Spaventato, fuggì verso la propria terra. La dea Caridwen si trasformò in una gallina nera dall'alta cresta durante l'inseguimento dell'eroe Gwion Bach, smosse il grano con le zampe, trovò il chicco magico in cui l'eroe si era appena trasformato, e lo ingoiò. E, secondo la leggenda, lo portò in seno per nove mesi, e quando lo partorì, non ebbe cuore di ucciderlo a motivo della sua bellezza.

La fuga è uno degli episodi favoriti dei racconti popolari, ove essa si sviluppa in forme vive e incisive. Le potenze dell'abisso non si possono sfidare alla leggera; ancora una volta la fuga di Luke si riflette nelle tradizioni di molteplici popoli.

*Ben*
*It is you and your abilities the Emperor wants, that is why your friends are made to suffer.*
*Luke*
*And that is why I have to go.*

*Ben*
*Luke, I don't want to lose you to the Emperor the way I lost Vader.*

*Luke*
*You won't.*

*Yoda*
*Stopped they must be. On this depends.*
*Only a fully trained Jedi Knight with the Force as his ally will conquer Vader and his Emperor.*
*If you end your training now, if you choose the quick and easy path, as Vader did, you will become an agent of evil.*

*Ben*
*Patience.*

*Luke*
*And sacrifice Han and Leia!*

*Yoda*
*If you honor what they fight for... yes!* [2]

Il mito di Orfeo ed Euridice e le centinaia di analoghi racconti in tutto il mondo ci indicano che, malgrado l'insuccesso, esiste sempre la possibilità di far ritorno con l'essere amato e perduto dalla zona d'ombra che si estende oltre la morte. Nei miti, la sconfitta ci commuove, ma il successo ci appare a volte inverosimile. Eppure, se il racconto deve mantenere la sua promessa, ciò che ci deve mostrare non è un insuccesso umano o un successo sovrumano, ma un successo umano. È questo il problema che si pone sulla soglia del ritorno.

---

2       ESB - Ben: È te e la tua abilità che l'Imperatore vuole. È per questo che i tuoi amici vengono fatti soffrire. Luke: Per questo devo andare. Ben: Luke, non voglio correre il rischio di perderti come è successo con Fener. Luke: Non accadrà. Yoda: Fermarli bisogna, da questo tutto dipende. Solo un cavaliere Jedi bene addestrato, con la Forza sua alleata, sconfiggerà Fener e il suo Imperatore. Se tu smetti ora il tuo addestramento, se scegli la strada rapida e facile, come fece Fener, diventerai un agente del male. Ben: Pazienta. Luke: E sacrificare Han e Leila? Yoda: Se onori ciò per cui essi lottano, sì.

### III.4.3 L'aiuto dall'esterno

A volte l'eroe deve essere soccorso, per far ritorno dalla sua avventura soprannaturale, da un aiuto esterno. È cioè il mondo che deve venire a riprenderlo. Non è facile abbandonare la beatitudine della caverna e ridestarsi. E tuttavia, finché si è vivi, la vita ci attira. La società è gelosa di coloro che si tengono lontani da lei, e bussa alla loro porta. Se, come Muchukunda, l'eroe non vuole ritornare, l'intruso riceve un brutto colpo; ma se, al contrario, l'eroe è soltanto in ritardo, trattenuto dalla beatitudine dello stato di perfezione, si verifica un apparente salvataggio e l'eroe arriva.

Lo specchio, la spada o il bastone, e l'albero, sono gli strumenti più diffusi nei miti in questa fase di sviluppo del viaggio dell'eroe. Nella cosmogonia nipponica lo specchio che riflette la dea Amaterasu, quando si nascose alla vista degli uomini privandoli del sole, e la induce a uscire dal suo rifugio simboleggia il mondo, il regno delle immagini riflesse. In esso la divinità si compiace di contemplare la propria gloria, e questo compiacimento la induce a manifestarsi. La spada corrisponde al fulmine. L'albero è l'Asse del Mondo nel suo aspetto benefico, lo stesso abete che troviamo nelle nostre case nel periodo di Natale o del solstizio invernale, cioè nel momento della rinascita del sole.
Inanna discese dal cielo nel regno infernale di sua sorella Ereshkigal, la Dea della Morte, dopo aver dato istruzioni al proprio messaggero Ninshubur perché corresse in suo aiuto qualora non fosse tornata; Corvo, nel racconto eschimese, all'interno della balena trovò i bastoni

per il fuoco, si accorse che era un cattivo segno, come gli aveva detto sua figlia, e decise di abbandonare l'animale. Questi tre esempi, Corvo, Amaterasu e Inanna, appartenenti a civiltà assai diverse e distanti tra loro, illustrano efficacemente l'aiuto esterno. Essi ci mostrano come, nella fase finale dell'avventura, si verifichi un continuo intervento della forza soprannaturale soccorritrice che ha assistito l'eletto durante tutta la prova. La coscienza dell'eroe si è annullata, ma l'inconscio gli fornisce il proprio equilibrio ed egli è ricondotto nel mondo dal quale era venuto. Anziché aggrapparsi al proprio io e difenderlo, come nella fuga magica, egli lo perde e tuttavia, attraverso la grazia, esso gli viene restituito.

EXTERIOR: BARGE - UPPER DECK
*Artoo appears from below and zips over to the rail facing the pit. Below, in the skiff, Luke is prodded by a guard to the edge of the plank over the gaping Sarlacc. Luke looks up at Artoo, then gives a jaunty salute: the signal the little droid has been waiting for. A flap opens in Artoo's domed head.*

Jabba: (in Huttese subtitled)
Put him in.

EXTERIOR: SKIFF - PLANK
*Luke is prodded and jumps off the plank to the cheers of the bloodthirsty spectators. But, before anyone can even perceive what is happening, he spins around and grabs the end of the plank by his fingertips. The plank bends windly from his weight and catapults him skyward. In midair he does a complete flip and drops down on the end of the plank in the same spot he just vacated, but facing the skiff. He casually extends an open palm and - his lightsaber, which Artoo has sent arcing toward him, drops into his*

*hand.* [3]

Ciò ci conduce alla crisi finale, alla quale tutta la mira-
colosa escursione non è stata che un preludio, la crisi
cioè del paradossale, difficilissimo varco della soglia
attraverso la quale l'eroe ritorna dal regno del mistero
nel mondo normale. L'eroe deve ancora rientrare col
suo prezioso dono del reale e affrontare gli interrogativi
dettati dalla ragione e i risentimenti degli invidiosi.

---

3      ROTJ - ESTERNO: NAVE-VELA - PONTE SUPERIO-
RE
Artoo appare dal basso e si sposta di fronte al pozzo. Sotto, nella
nave-vela, Luke viene sospinto da una guardia sul bordo della
tavola sopra il Sarlacc a bocca aperta. Luke guarda in alto verso
Artoo, poi dà un saluto: il segnale che il piccolo droide stava
aspettando. Uno sportellino si apre sulla calotta di Artoo.
Jabba (sottotitolato): Mettetelo dentro.
ESTERNO: NAVE - ASSE
Luke è spronato e salta giù, tra gli applausi degli spettatori assetati
di sangue. Ma, prima che qualcuno possa comprendere cosa che
sta accadendo, si gira e afferra l'estremità della tavola con la punta
delle dita. La tavola si piega al suo peso e lo catapulta verso il
cielo. A mezz'aria fa una capriola completa e scende verso il basso
sul lato della tavola nello stesso punto, questa volta fronteggiando
la nave-vela. Si stende ad afferrare la sua spada laser, che Artoo
ha lanciato verso di lui.

### III.4.4 Il varco della soglia del ritorno

L'ultimo capitolo della prima Trilogia di *Star Wars* s'intitola *Return of the Jedi*, e corrisponde alla conclusione del viaggio dell'eroe.[4]

I due mondi, quello divino e quello umano, si possono concepire soltanto come due cose distinte, diverse fra loro come la vita e la morte, il giorno e la notte. L'eroe abbandona il mondo conosciuto e si avventura nelle tenebre; qui porta a termine la sua impresa; il suo ritorno viene descritto come un ritorno da quella zona remota. Tuttavia, e qui sta la chiave che ci permette di comprendere il mito e il simbolo, i due regni sono effettivamente uno solo. E la vera avventura dell'eroe è costituita dall'esplorazione, volontaria o meno, di quella dimensione. I valori e le distinzioni che nella vita normale sembrano tanto importanti scompaiono con il provare soggettivamente ciò che fino allora era soltanto oggettivo.

Molte sconfitte provano la difficoltà di questo ritorno nel mondo. Il primo problema dell'eroe che ritorna è quello di accettare come reali le gioie precarie, i dolori, le banalità della vita, dopo aver conosciuto la perfetta beatitudine che appaga l'anima. Perché ritornare in un mondo simile?

---

4      In realtà il primo titolo proposto per il terzo film è stato "Blue Harvest" usato durante la lavorazione per sviare l'attenzione dei fan, poi cambiato in "Revenge of the Jedi". Solo all'ultimo momento si è giunti al titolo che conosciamo, ritenendo inappropriato il termine "vendetta" per definire lo stile di vita ascetico di uno Jedi.

INTERIOR: YODA'S HOUSE
*The tip of a walking stick taps hesitantly across the earthen floor of the cottage. Our view travels up the stick to the small green hand that clutches it, and then to the familiar face of YODA, THE JEDI MASTER. His manner is frail, and his voice, though cheerful, seems weaker.*

Yoda
*Hmm. That face you make. Look I so old to young eyes? Luke is sitting in a corner of the cramped space and, indeed, his look has been woeful. Caught, he tries to hide it.*

Luke
*No... of course not.*

Yoda: (tickled, chuckles)
*I do, yes. I do! Sick have I become. Old and weak. (points a crooked finger) When nine hundred years old you reach, look as good you will not. Hmm?*

*Yoda chuckles at this, coughs, and hobbles over toward his bed.*

Yoda
*Soon will I rest. Yes, forever sleep. Earned it, I have.*

*Yoda sits himself on his bed, with great effort.*

Luke
*Master Yoda, you can't die.*

Yoda
*Strong am I with the Force... but not that strong! Twilight is upon me and soon night must fall. That is the way of*

*things... the way of the Force.*

*Luke*
*But I need your help. I've come back to complete the*
*training.*

*Yoda*
*No more training do you require. Already know you that*
*which you need.*

*Yoda sighs, and lies back on his bed.*

*Luke*
*Then I am a Jedi?*

*Yoda: (shakes his head)*
*Ohhh. Not yet. One thing remains: Vader. You must*
*confront Vader. Then, only then, a Jedi will you be. And*
*confront him you will.*[5]

---

5      ROTJ - INTERNO: CASA DI YODA
La punta di un bastone da passeggio si muove esitante sul pavi-
mento in terra della capanna. Lo sguardo si sposta dal bastone
alla piccola mano verde che lo impugna, e poi al volto familiare
di YODA, IL MAESTRO JEDI. I suoi modi sono delicati, la sua
voce, seppuer allegra, sembra più debole. Yoda: Che faccia tu fai.
Sembro tanto vecchio a giovani occhi? Luke: No. Certo che no.
Yoda: Sono. Vecchio sono. Malato diventato. Debole e vecchio.
Quando novecento anni di età tu avrai, bello non sembrerai.
Yoda ridacchia alla battuta, tossisce, e zoppica si trascina verso
il letto. Yoda: Presto riposerò. Sì. Per sempre dormirò. Meritato
avrò. Yoda si siede sul suo letto, con grande sforzo. Luke: Non
puoi morire, Maestro Yoda. Yoda: Resistente sono io grazie alla
Forza. Ma non così resistente. Sceso su me è il tramonto, e presto
la notte scenderà. È l'andare delle cose. E anche della Forza. Luke:
Ma devi ancora aiutarmi. Sono tornato per completare la mia
istruzione. Yoda: Altro non ti serve ormai. Ora tu conosci già
tutto ciò che occorre a te. Luke: Allora sono uno Jedi. Yoda: Non

171

Dal punto di vista degli immortali, le epoche si susseguono sulla terra rivelando sempre la forma armonica del ciclo completo, cosicché, mentre gli uomini vedono soltanto cambiamento e morte, gli eletti contemplano la forma immutabile, la vita senza fine. Ma ora il problema sta nel conservare questo punto di vista cosmico di fronte a un dolore o a una gioia terreni.

L'eroe che ritorna, per portare a termine la sua avventura, deve sopravvivere all'urto del mondo.

---

ancora. Una cosa rimane. Fener. Dovrai confrontarti con Fener. Allora, solo allora, uno Jedi diventerai. Devi confrontarti con lui.

## III.4.5 Il Signore dei due mondi


*INT. DEATH STAR - HALLWAY LEADING TOMAIN FORWARD BAY*
*Ben hurries along one of the tunnels leading to the hangar where the pirateship waits. Just before he reaches the hangar, Darth Vader steps into view at the end of the tunnel, not ten feet away. Vader lights his saber. Ben also ignites his and steps slowly forward.*


Vader
*I've been waiting for you, Obi-Wan. We meet again, at last. The circle is now complete.*


*Ben Kenobi moves with elegant ease into a classical offensive position. The fearsome Dark Knight takes a defensive stance.*


Vader
*When I left you, I was but the learner; now I am the master.*


Ben
*Only a master of evil, Darth.*


*The two Galactic warriors stand perfectly still for a few moments, sizing each other up and waiting for the right moment. Ben seems to be under increasing pressure and strain, as if an invisible weight were being placed upon him. He shakes his head and, blinking, tries to clear his head.*
*Ben makes a sudden lunge at the huge warrior but is*

*checked by a lightning movement of The Sith. A masterful slash stroke by Vader is blocked by the old Jedi. Another of the Jedi's blows is blocked, then countered. Ben moves around the Dark Lord and starts backing into the massive starship hangar. The two powerful warriors stand motionless for a few moments with laser swords locked in mid-air, creating a low buzzing sound.*

Vader
*Your powers are weak, old man.*

Ben
*You can't win, Darth. If you strike me down I shall become more powerful than you can possibly imagine.*

*Their lightsaber continue to meet in combat.*[6]

---

6       ANH - INT . Morte Nera - corridoio che porta a Navigazione AVANTI BAY
Ben corre lungo uno dei tunnel che portano all'hangar dove la nave pirata loattende. Appena prima di raggiungere l'hangar, Darth Vader appare alla fine del tunnel, a pochi piedi di distanza. Vader accende la spada laser, così come Ben, che lentamente si avvicina. Vader: Ti stavo aspettando, Obi-Wan. Ci rincontriamo, finalmente. Ora il cerchio è completo. Quando ti ho lasciato non ero che un discepolo. Ora sono io il Maestro. Ben: Solo un Maestro del Male, Dart. I due guerrieri galattici si confrontano immobili per qualche istante, si misurano a vicenda, aspettando il momento giusto. Ben sembra essere sempre più sotto pressione per la tensione, come se un peso invisibile lo sovrastasse. Scuote la testa cercando di schiarirsi le idee. Ben fa un affondo improvviso, ma la mossa è controllata con un movimento fulmineo del Sith. Un colpo magistrale di Vader è bloccato dal vecchio Jedi. Un altro dei colpi del Jedi è bloccato. Ben si muove intorno al Signore Oscuro e ponendosi di spalle all'hangar. I due guerrieri stanno immobili per qualche istante con le spade laser a mezz'aria, creando un ronzio di sottofondo.
Vader: I tuoi poteri sono deboli, vecchio. Ben: Non puoi vincere,

La possibilità di passare ripetutamente dall'uno all'altro mondo, da quello delle apparizioni nel tempo a quello delle cause profonde e viceversa, senza contaminare i principi dell'uno con quelli dell'altro, e tuttavia permettendo alla mente di conoscere l'uno in virtù dell'altro, costituisce la grande prerogativa del Maestro.

L'individuo, attraverso lunghe sessioni di meditazione, si libera da ogni attaccamento alle proprie limitazioni personali, alle proprie idiosincrasie, speranze e paure, e non si oppone più al proprio annullamento, indispensabile per rinascere nella conoscenza della verità, ed è finalmente pronto per la grande conciliazione. Annientate le proprie ambizioni personali, egli non cerca più la vita, ma spontaneamente si abbandona a tutto ciò che può accadergli; diventa, per così dire, una cosa anonima. La Legge vive in lui con il suo consenso incondizionato.

*Ben sees the troops charging towards him and realize that he is trapped. Vader takes advantage of Ben's momentary distraction and bring his mightly lightsaber down on the old man. Ben managed to deflect the blow and swiftly turns around.*
*The old Jedi Knight looks over his shoulder at Luke, lift his sword from Vader's, then watches his opponent with a serene look on his face.*
*Vader brings his sword down, cutting old Ben in half. Ben's cloak falls to the floor in two parts, but Ben is not in it. Vader is puzzled at Ben's disappearance and pokes at the empty cloak. As the guards are distracted the adventu-*

Dart. Se mi abbatti io diventerò più potente di quanto tu possa immaginare. Le loro spade laser continuano a incrociarsi in combattimento.

*rers and the robots reach the starship.* [7]

Molte sono le figure, soprattutto nei testi sociali e mitologici dell'Oriente, che rappresentano questo stato finale di presenza anonima. Gli eremiti dei boschi e i mendicanti girovaghi rivestono un ruolo importante nella vita e nelle leggende dell'Oriente; nel mito, le figure come quella dell'Ebreo Errante (disprezzato, ignorato, ma con una preziosa perla in tasca), del mendicante straccione, assalito dai cani, del Pifferaio Magico, o di Odino, sono altrettanti esempi.

---

7        ANH - Ben vede le truppe d'assalto verso di lui e si rende conto di essere in trappola. Vader sfrutta la momentanea distrazione di Ben per colpire pesantemente il vecchio Jedi. Ben riesce a deviare il colpo e rapidamente si gira. Il vecchio cavaliere Jedi guarda Luke, vede Vader sollevare la spada, poi guarda il suo avversario con uno sguardo sereno sul volto. Vader porta la spada verso il basso, tagliando il vecchio Ben a metà. Il mantello di Ben cade a terra in due parti, ma di Ben non c'è traccia. Vader è perplesso dalla scomparsa di Ben e ispeziona il mantello vuoto. Mentre le guardie sono distratte gli avventurieri e i robot raggiungono la nave stellare.

## III.4.6 Libertà di vivere

*EXTERIOR: EWOK VILLAGE SQUARE - NIGHT*
*A huge bonfire is the centerpiece of a wild celebration.*
*Rebels and ewoks rejoice in the warm glow of firelight,*
*drums beating, singing, dancing, and laughing in the*
*communal language of victory and liberation.*
*Lando runs in and is enthusiastically hugged by Han and*
*Chewie. Then, finally, Luke arrives and the friends rush to*
*greet and embrace him. They stand close, this hardy group,*
*taking comfort in each other's touch, together to the end.*
*Rebels and Ewoks join together in dancing and celebra-*
*tion. The original group of adventurers watch from the*
*sidelines. Only Luke seems distracted, alone in their midst,*
*his thoughts elsewhere.*
*He looks off to the side and sees three shimmering, smiling*
*figures at the edge of the shadows: Ben Kenobi, Yoda, and*
*Anakin Skywalker.*[8]

---

[8]
ROTJ - ESTERNO: PIAZZA DEL VILLAGGIO EWOK - NOT-
TE
Un enorme falò è il fulcro di una festa. Ribelli e Ewoks gioisco-
no nel caldo bagliore di luce del fuoco, i tamburi risuonano,
canti, balli e risate, nel linguaggio comune della vittoria e della
liberazione. Lando viene raggiunto e abbracciato con entusiasmo
da Han e Chewbacca. Poi, finalmente, arriva Luke e gli amici
corrono a salutarlo e ad abbracciarlo. Si radunano vicini prendendo conforto l'un l'altro, insieme fino alla fine. Ribelli e Ewoks
si uniscono alle danze. Il gruppo di avventurieri guarda all'orizzonte. Solo Luke sembra distratto, da solo in mezzo a loro, i suoi
pensieri sono altrove. Si guarda di lato e vede tre brillanti figure
sorridergli ai margini delle ombre: Ben Kenobi, Yoda, e Anakin
Skywalker.

Il campo di battaglia simboleggia il campo della vita, dove ogni creatura vive della morte dell'altra. Nel mondo dell'azione, l'uomo distoglie la propria mente dal principio dell'eternità quando si preoccupa del risultato delle proprie azioni, ma quando le depone con i loro frutti sulle ginocchia del Dio Vivente, viene liberato dalle catene della morte.

# A mo' di conclusione

La mitologia cela le rivelazioni dietro un velo protettivo, mentre insiste nella forma di una graduale istruzione. Il salvatore che annienta il padre tiranno e quindi ne cinge la corona, prende (come Edipo) il posto del suo re. Per rendere meno orribile il tremendo parricidio, la leggenda presenta il padre come uno zio crudele o l'usurpatore Nimrod, come nella leggenda babilonese. Tuttavia, il fatto rimane. Una volta intravisto, l'intero spettacolo crolla: il figlio uccide il padre, ma padre e figlio sono la stessa persona. Le figure enigmatiche si dissolvono nel caos primitivo. Questa è la saggezza della fine (e del nuovo inizio) del mondo.

Gli eroi al di là della vita, come in *Star Wars,* sono anche al di là del mito. Non s'interessano più al mito; le loro leggende vivono ancora, ma i sentimenti e gli insegnamenti delle loro biografie sono inadeguati. Una volta scoperto il profilo nascosto, il mito è la penultima parola, il silenzio l'ultima. Nell'istante in cui lo spirito entra nel regno del mistero, rimane solo il silenzio.

L'ultimo atto, nella biografia dell'eroe, è quello della morte o della partenza. In esso è riassunto tutto il senso della vita. È inutile aggiungere che l'eroe non sarebbe tale se avesse paura della morte; la prima condizione è la riconciliazione con la tomba. L'eroe che ama la vita può resistere alla morte, e rimandare per un certo periodo la propria fine.

Narrandoci la storia di *Star Wars*, come un moderno aedo, George Lucas ha voluto dirci che il potente eroe dotato di straordinari poteri, capace di sollevare con un dito il Monte Govardhan e colmarsi di tutta la terribile gloria dell'universo, è ognuno di noi: non la persona fisica visibile allo specchio, ma il re interiore.

"'È ciò che Goethe aveva detto nel 'Faust', ma che Lucas ha espresso in una lingua moderna - il messaggio, cioè, che la tecnologia non potrà salvarci. I nostri computer, i nostri strumenti, le nostre macchine, non sono sufficienti. Dobbiamo ancora affidarci alla nostra intuizione, al nostro vero essere'. 'E questo non è un affronto alla ragione?' dissi. 'Se le cose stanno così, non stiamo forse fuggendo dalla ragione?' 'Ma non è questa la missione dell'eroe. Non si tratta di negare la ragione. Al contrario, con il superamento delle passioni oscure, l'eroe simboleggia la nostra capacità di controllo sulla selvaggia irrazionalità che è noi'. Campbell aveva lamentato in altre occasioni la nostra incapacità 'di ammettere all'interno di noi stessi la febbre divorante e lasciva' che pure è endemica nella natura umana. Ora, egli stava descrivendo il viaggio dell'eroe, non come un singolo atto di coraggio ma come un'intera vita vissuta nell'autodisvelamento, 'e Luke Skywalker non fu mai tanto razionale come quando scoprì in se stesso le risorse necessarie ad affrontare il proprio destino'. Paradossalmente, per Campbell la fine del viaggio dell'eroe non coincide con la sua glorificazione. 'Non ci si deve identificare', disse in una delle sue conferenze, 'con nessuna delle figure o dei poteri di cui abbiamo esperienza. Lo yogi indiano, che lotta per la sua liberazione, si identifica con la Luce e non ritorna indietro. Ma nessuno che desideri mettersi al servizio degli altri permetterebbe a se stesso una simile scappatoia. Lo scopo ultimo della ricerca non dev'essere né la liberazione, né un'estasi egoistica, ma la sapienza e la potenza necessarie a servire gli altri'. Una delle molte differenze tra la persona celebre e l'eroe, aggiungeva, è che il primo vive solo per se stesso, mentre l'altro agisce per redimere la società".[1]

Il potere di compiere un viaggio all'indietro attraverso le epoche dell'emanazione, dipende, come nella morte del Buddha, dal carattere dell'uomo quando è vivo. I miti infatti raccontano di un viaggio dell'anima pericoloso e pieno di ostacoli. Come la forma creata dell'individuo deve dissolversi, così deve dissolversi quella dell'universo. Dal punto di vista della via del dovere, chiunque sia in esilio, fuori dalla comunità, è un nulla.

Dall'altro punto di vista, tuttavia, questo esilio è il primo passo della ricerca. Ciascuno reca in se stesso il tutto, che perciò può essere ricercato e trovato dentro di sé. Le differenze di sesso, età e occupazione non sono essenziali al nostro carattere, ma semplici costumi che indossiamo per un certo tempo sulla scena del mondo.

Questo è lo stadio di Narciso che si specchia nello stagno, del Buddha che siede in contemplazione sotto l'albero, ma non è lo scopo finale; è un passo necessario, ma non la meta.

Lo scopo non è di vedere, ma di capire ciò che effettivamente è quest'essenza; allora si è liberi di vagare nel mondo come quest'essenza. Inoltre, anche il mondo è fatto di questa stessa essenza. L'essenza propria e l'essenza del mondo, sono una cosa sola. Quindi la separazione, il ritiro, non sono più necessari. Dovunque l'eroe

---

1        Joseph Campbell, Il potere del mito, Tea, 1994, p. 13.

181

si rechi, qualunque cosa faccia, è sempre in presenza della propria essenza, poiché i suoi occhi sono in grado di vedere. Non vi è separazione.

E come la via della partecipazione sociale può condurre, alla fine, a una realizzazione del Tutto nell'individuo, così la via dell'esilio porta l'eroe all'Io in Tutto.

Proponiamo ora, a mo' di conclusione le parole del canto intonato dagli Ewoks durante la cerimonia finale per celebrare la distruzione della seconda Death Star, al termine della vecchia edizione di ROTJ:

*Power, we got power*
*The power showed us the light*
*And now we all live free*
*Celebrate the light - freedom!*
*Celebrate the might - power!*
*Celebrate the fight - glory!*
*Celebrate the love!*
*Celebrate the love!*
*Celebrate the love!*
*Celebrate the love!* [2]

---

2        La canzone, all'interno del film, è certamente difficile da comprendere, soprattutto per il fatto che è cantata in lingua ewok. (Fonte Internet) – Potere, abbiamo il Potere/Il Potere ci mostra la Luce/E ora tutti noi viviamo liberi/Celebriamo la Luce – Libertà!/Celebriamo la Forza – Potere!/Celebriamo la Lotta – Gloria!/Celebriamo l'Amore.

# Bibliografia

Abruzzese, Alberto
*La grande scimmia*
Napoleone, Roma 1979.

Alemanno, Roberto
*Incontri ravvicinati con il capitale terrestre*
in "Cinema Nuovo" n. 265, giugno 1980
Edizioni Dedalo, Bari.

Allares, Guillermo
*Hace ya 20 Anos, en una Galaxia Lejana...*
in El Pais, 18 enero 1997.

Altichieri, Alessio
*Lucas: resto il re degli effetti speciali*
in Corriere della Sera, 20 marzo 1997.

Arditi, Fiamma
*Un film a tre dimensioni e comincio il mio futuro*
in La Stampa, 27 febbraio 1997.

Arecco, Sergio
*George Lucas*
Il Castoro Cinema n. 103
Editrice Il Castoro, Milano.

Assayas, Olivier
*George Lucas: un cinéma conceptuel*
in "Cahiers du cinéma" n. 328, octobre 1981
Editions de l'Etoile, Paris.

Autera, Leonardo
*San Sebastiano '77: una transizione quasi rivoluzionaria*
in "Bianco e Nero" n. 5/6, settembre-dicembre 1977
Edizioni dell'Ateneo, Roma.

Bairati, Piero
*Intellettuali e politica in America negli anni '70*
in AAVV
*Hollywood 1969-1979. Cinema, cultura, società*
a cura dell'Ufficio Documentazione (Adriano Aprà,
Patrizia Pistagnesi, Vito Zagarrio)
Marsilio Editori, Venezia 1979.

Balzola, Andrea
*La macchina e il mostro, ombre dell'uomo estinto*
in "Cinema Nuovo" n. 268, dicembre 1980
Edizioni Dedalo, Torino.

Barthes, Roland
*Miti d'oggi*
Giulio Einaudi Editore, Torino 1994.

Beccaria, Gabriele
*Guerre stellari, la storia infinita*
in La Stampa, 27 febbraio 1997.

Behar, Henri
*Dans son ranch californien, George Lucas invente les images de demain*
in Le Monde, 1 septembre 1995.

Behar, Henri
*Une deuxième vie pour la trilogie de La Guerre des étoiles*
in Le Monde, 6 fevrier 1997.

Benayoun, Robert e Ciment, Michel
*Positif. Dodici interviste*
Arcana Editrice, Roma 1980.

Bettelheim, Bruno
*Il mondo incantato. Uso, importanza e significati psicoanalitici delle fiabe*
Feltrinelli, Milano 1984.

Biskind, Peter
*Easy Riders, Raging Bulls: How the Sex-Drugs-and-Rock'n'Roll Generation saved Hollywood*
Simon & Schuster, New York 1998.

Blaumont, José L.
*Anticipo de la Era Digital*
in El Pais, 18 enero 1997.

Bonnefoy, Yves
*Dizionario delle mitologie e delle religioni*
Rizzoli, Milano 1989.

Bosco, Andrea
*American Graffiti*
in Ciak n. 5, maggio 1991
Silvio Berlusconi Editore, Milano.

Brown, Robert
*Myth in Star Wars*
Fonte Internet.

Bulluck, Vic and Hoffman, Valerie
*The Art of Star Wars. Episode V: The Empire Strikes Back*
Titan Books, London 1997.

Burkert, Walter
*Mito e rituale in Grecia. Struttura e storia*
Laterza, Roma-Bari 1987.

Buxton, Richard
*La Grecia dell'immaginario*
La Nuova Italia, Firenze 1997.

Campbell, Joseph
*L'eroe dai mille volti*
Feltrinelli, Milano 1984.

Campbell, Joseph
*Le maschere di Dio. Mitologia primitiva*
Mondadori, Milano 1990.

Campbell, Joseph
*Le maschere di Dio. Mitologia orientale*
Mondadori, Milano 1991.

Campbell, Joseph
*Le maschere di Dio. Mitologia creativa*
Mondadori, Milano 1992.

Campbell, Joseph
*Le distese interiori del cosmo*
Biblioteca della Fenice Guanda Editore, Parma 1992.

Caperdoni, Fabio
*Unforgettable Day: incontro con George Lucas*
in Cinema è n. 4.

Capra, Fritjof
*Il Tao della fisica*
Adelphi, Milano 1982.

Capra, Fritjof
*Il punto di svolta*
Feltrinelli, Milano 1984.

Casiraghi, Ugo
*Un futuro cominciato da sempre*
in L'Unità, 21 ottobre 1977.

Castaneda, Carlos
*L'isola del tonal*
Bur, Milano 1981.

Castellano, Koro
*George Lucas, el senor de las galaxias*
in "El Pais semanal" n. 1073, 20 abril 1997
Diario El Pais Sa, Madrid.

Celada, Luca
*Star Wars. Che la forza sia sempre con te*
in Il Manifesto, 2 febbraio 1997.

Champlin, Charles
*George Lucas. The Creative Impulse*
Harry N. Abrams, New York 1997.

Ciaccio Peter – Köhn Andreas
*Il vangelo secondo Star Wars*

Claudiana, Torino 2015.

Chiesa Isnardi, Gianna
*Leggende e miti vichinghi*
Rusconi, Milano 1989.

Chiesa Isnardi, Gianna
*I miti nordici*
Edizioni CDE, Milano 1991.

Chion, Michel
*Cinéma de reve*
in *Cahiers du cinéma* n. 352, octobre 1983
Editions de l'Etoile, Paris.

Cioffi, Antonio
*La cinepresa di Arianna*
Edizioni all'insegna del Veltro, Parma 1988.

Clarens, Carlos
*SciFi Hits the Big Time*
in *Film Comment* n. 2, march-april 1978
The Film Society of Lincoln Center, New York.

Cluzot, Claire
*Le matin du magicien*
in Ecran n. 61, septembre 1977
Editions de l'Atalante, Paris.

Colombo, Furio
*Come si evolve lo spettacolo americano. Mediologia/tecno-
logia nel cinema Usa*
in AAVV
*Hollywood 1969-1979. Cinema, cultura, società*
a cura dell'Ufficio Documentazione (Adriano Aprà,

Patrizia Pistagnesi, Vito Zagarrio)
Marsilio Editori, Venezia 1979.

Combs, Richard
*Empire Strikes Back, The*
in *Monthly Film Bulletin* n. 558, july 1980
The British Film Institute, London.

Combs, Richard
*A Galaxy Far, Far Away...*
in *Monthly Film Bulletin* n. 594, july 1983
The British Film Institute, London.

Contenti, Fulvio
*Gli in(s)contri stellari*
in Filmcritica n. 291, gennaio 1979
Roma.

Corliss, Richard
*American Cinema on the 70s*
in AAVV
*Cinema: A Critical Dictionary*
*Volume One*
Edited by Richard Roud
Secker & Warburg, London 1980.

Corsini, Gianfranco
*Dagli anni '60 agli anni '70*
in AAVV
*Hollywood 1969-1979. Cinema, cultura, società*
a cura dell'Ufficio Documentazione (Adriano Aprà,
Patrizia Pistagnesi, Vito Zagarrio)
Marsilio editori, Venezia 1979.

Cosulich, Callisto
*Hollywood settanta. Il nuovo volto del cinema americano*
Vallecchi, Firenze 1978.

Crespi, Alberto
*Il mio maestro? Kurosawa. George Lucas alle 8 del mattino*
in L'Unità, 24 maggio 1988.

Curtis, Vesta Sarkhosh
*Miti persiani*
Arnoldo Mondadori Editore, Milano 1994.

Curtis Fox, Terry
*Star Drek. The Star Wars War:II*
in Film Comment n. 4, july-august 1977
The Film Society of Lincoln Center, New York.

Davids, Hollace
*Behind The Creative Impulse*
in "The Lucasfilm Fan Club Magazine" n. 18, 1993
The Lucasfilm Fan Club, Aurora.

De Angulo, Jaime
*Racconti indiani*
Bompiani, Milano 1988.

Dell'Arti Lucrezia
*Quelle Guerre (Stellari) in cui nessuno credeva*
In Sette, 20 maggio 2016.

M(arcel) D(etienne)
*Mito/rito*
Enciclopedia Einaudi
Einaudi, Torino 1980.

Detiennne, Marcel
*L'invenzione della mitologia*
Boringhieri, Torino 1983.

*Dizionario dei film*
a cura di Paolo Mereghetti
Baldini & Castoldi, Milano 1993.

Dousset-Leenhhardt, Roselène
*La Grande Capanna. Miti e leggende della Nuova Caledonia*
Jaca Book, Milano 1974.

Dumont, Pascal
*Le retour du Jedi*
in "Cinéma" n. 298, octobre 1983
Federation Francaise des Cine-Clubs, Paris.

Ebert, Roger
*Star Wars*
Fonte Internet.

Eliade, Mircea
*Il mito dell'eterno ritorno. (Archetipi e ripetizione)*
Borla, Torino 1968.

Erdoes, Richard e Ortiz, Alfonso
*Miti e leggende degli indiani d'America*
Edizione CDE, Milano 1989.

Escobar, Roberto e Giacci, Vittorio
*Megaprodotto, mito e apocalisse nel cinema americano degli anni '70*
in AAVV
*Hollywood 1969-1979. Immagini, piacere, dominio*

a cura di Bruno Torri
Marsilio Editori, Venezia 1980.

Esposito, Riccardo F. e Asciuti, Claudio
*Il cinema fantasy*
Fanucci, Roma 1985.

Fabozzi, Antonio
*Il cinema della paura*
Liguori Editore, Napoli 1982.

Fadda, Michele
*L'ultima apoteosi di Edipo*
in "Cineforum" n. 363, aprile 1997
Federazione Italiana Cineforum, Bergamo.

Farber, Stephen
*George Lucas: The Stinky Kid Hits the Big Time*
in "Film Quaterly" n. 3, spring 1974
University of California Press, Berkeley.

Fava, Claudio G.
*Cinema e science-fiction*
in "Rivista del cinematografo" n. 10, ottobre 1975
Città Eterna, Roma.

Fava, Claudio G.
*Ritorno alla 'space opera'*
in "Rivista del cinematografo" n. 1, gennaio 1978
Città Eterna, Roma

Ferrari, Andrea
*George Lucas. L'uomo che vide nel futuro*
in "Ciak" n. 4, aprile 1997
Mondadori, Milano.

Ferrari, Andrea
*Guerre stellari*
in Ciak n. 5, maggio 1997
Mondadori, Milano.

Finestauri, Elio
*Guerre stellari*
in Nuovo Cinema Europeo n. 12, dicembre 1977
Publiedit srl, Roma.

Fink, Guido
*Due, tre, molte apocalissi*
in "Cinema e Cinema" n. 24, luglio-settembre 1980
Marsilio, Venezia.

Fofi, Goffredo, Morandini, Morando, Volpi, Gianni
*Storia del cinema*
Volume terzo
Garzanti, Milano 1988.
Forrer, Matthi
Hokusai. Prints and Paintings
Royal Academy of Arts-Prestel Verlag, London-Munich
1991.

Frezza, Gino
*La macchina del mito tra film e fumetti*
La Nuova Italia, Firenze 1995.

Frye, Northrop
*Anatomia della critica*
Einaudi, Torino 1971.

Garsault, Alain
*Un cosmos très universel*
in "Positif" n. 234, septembre 1980

Nouvelles Editions Opta, Paris.

Garsault, Alain
*Les paradoxes de George Lucas*
in "Positif" n. 271, septembre 1983
Nouvelles Editions Opta, Paris.

Gatti Fulvio
*Star Wars. Analisi dell'esalogia*
Larcher Editore, Castel Mella (BS) 2005.

Ghezzi, Enrico
*Il mito rivisitato*
in AAVV
*Hollywood 1969-1979. Immagini, Piacere, Dominio*
a cura di Bruno Torri
Marsilio Editori, Venezia 1980.

Ghezzo, Davide
*Fantascienza e mito*
Tirrenia Stampatori, Torino 1988.

Giacci, Vittorio
*Guerre stellari: apologia del medioevo prossimo venturo*
in "Cineforum" n. 11, novembre 1977
Federazione Italiana Cineforum, Bergamo.

Giachetti, Romano
*I ribelli di Hollywood*
in "La Repubblica", 9 giugno 1998.

Giancristofaro, Daniela
*Hollywood, anno zero*
in "Uomini & Business" n. 4, aprile 1996
Uomini e business spa, Milano.

Girlanda, Elio
*Dossier fantascienza*
in Rivista del cinematografo n. 12, dicembre 1978
Città Eterna, Roma.

Graves, Robert
*I miti greci*
Longanesi & C., Milano 1983.

Graves, Robert e Patai, Raphael
*I miti ebraici*
Longanesi & C., Milano 1989.

Grazzini, Giovanni
*Cinema '77*
Laterza, Roma-Bari 1978.

Grazzini, Giovanni
*Cinema '80*
Editori Laterza, Roma-Bari 1981.

Grazzini, Giovanni
*Cinema '83*
Editori Laterza, Roma-Bari 1984.

Guback, Thomas
*L'industria americana del cinema negli anni '70*
in AAVV
*Hollywood 1969-1979. Immagini, piacere, dominio*
a cura di Bruno Torri
Marsilio Editori, Venezia 1980.

*Guerre sempre più stellari*
in "Panorama" n. 30, 30 luglio 1994
Arnoldo Mondadori Editore, Milano.

Guidorizzi, Mario
*Cinema americano 1968-1980. I film - gli oscar - i doppiatori - le locandine - le videocassette*
Mazziana & Lanterna Editrici, Verona 1988.

Harmetz, Aljean
*Burden of Dreams: George Lucas*
in "American Film" n. 8, june 1983
The American Film Institute, Washington.

Harwood, J.
*The Empire Strikes Back*
in "Variety. Film Review" 1978-1980
Volume 15
Garland Publishing, Inc., New York and London, 1983.

Harwood, J.
*Return Of The Jedi*
in "Variety. Film Review"1983-1984
Volume 18
Garland Publishing, Inc., New York and London, 1986.

Haustrate, Gaston
*L'empire contre-attaque*
in "Cinéma" n. 261, septembre 1980
Société ETC, Paris.

Helander, Jan
*The Development of Star Wars As Seen Through the Scripts by George Lucas* Fonte Internet.

Henderson, Mary
*Star Wars. The Magic of Myth*
Bantam Books, New York-Toronto-London-Sydney-Auckland 1997.

Huebner, Kurt
*La verità del mito*
Feltrinelli, Milano 1990.

*International Dictionary of Film and Filmmakers - I Films*
Editor Nicholas Thomas
Consulting Editor James Vinson
St James Press, Chicago 1990.

*International Dictionary of Film and Filmmakers - II Directors*
Second Edition
Editor Nicholas Thomas
St James Press, Chicago-London 1991.

Jacobs, Diane
*Hollywood Renaissance. The New Generation of Filmmakers and Their works*
Delta-Dell, New York 1980.

Jesi, Furio
*Il mito*
Isedi, Milano 1973.

Kaminsky, Stuart M.
*Generi cinematografici americani*
Pratiche Editrice, Parma 1994.

Kapels, Anke e Kruttschnitt, Christine
*Il ritorno di Lucas*
in "Il Venerdì di Repubblica" n. 473
Edizioni La Repubblica Spa, Roma.

Kasdan, Lawrence and Brackett, Leigh
*Star Wars. Episode V The Empire Strikes Back*

*Fourth Draft*
Fonte Internet

Kasdan, Lawrence and Lucas, George
*Star Wars. Episode VI Revenge of the Jedi*
*Second Draft*
Fonte Internet.

Kasdan, Lawrence and Lucas, George
*The Art of Star Wars. Episode VI: Return of the Jedi*
Titan Books, London 1997.

Kelly, Kevin e Parisi, Paula
*Re Lucas alla corte di Caserta*
in La Repubblica, 21 giugno 1997.

Kezich, Tullio
*Molti giochi per dirci che conta solo la Forza*
in La Repubblica, 21 ottobre 1977.

Kezich, Tullio
*Il CentoFilm. Un anno al cinema 1977-1978*
Edizioni il Formichiere, Milano 1978.

Kobal, John
*Return of the Jedi*
in "Film and Filming" n. 346, july 1983
Breret Publishing Limited, South Croydon.

Krohn, Bill
*Files d'attente*
in "Cahiers du cinéma" n. 350, aout 1983
Editions de l'Etoile, Paris.

Lacourbe, Roland et Durand, Jacques
*Le cinéma de science-fiction existe-y-il?*
in "Ecran" n. 60, juillet 1977
Editions de l'Atalante, Paris.

Landrum, Larry N.
*Science Fiction Film Criticism In the Seventies: A Selected Bibliography*
in "Journal of Popular Film" n. 3, 1978
Bowling Green State University, Bowling Green.

Lane, Richard
*Grafica giapponese*
Il Saggiatore, Milano 1962.

La Polla, Franco
*Il New American Cinema*
in AAVV
*Storia del cinema. Autori e tendenze negli anni cinquanta e sessanta*
a cura di Adelio Ferrero
Marsilio Editori, Venezia 1978.

La Polla, Franco
*Il cinema americano contemporaneo*
in AAVV
*Hollywood 1969-1979. Cinema, cultura, società*
a cura dell'Ufficio Documentazione (Adriano Aprà, Patrizia Pistagnesi, Vito Zagarrio)
Marsilio Editori, Venezia 1979.

La Polla, Franco
*Lucas e Spielberg: quando hai visto un'astronave di plastica le hai viste tutte*
in "Cinema e Cinema" n. 5, aprile-giugno 1987

Marsilio, Venezia.

La Polla, Franco
*Sogno e realtà americana nel cinema di Hollywood*
Laterza, Bari 1987.

La Polla, Franco
*Ombre nell'acqua: il cinema hollywoodiano degli anni '80*
in AAVV
Off Hollywood
a cura dell'Ufficio Documentazione (Francesco Bono)
Marsilio Editori, Venezia 1991.

La Polla, Franco
*Il nuovo cinema americano 1967-1975*
Lindau, Torino 1996.

Lastrucci, Massimo
*Torna la saga di Guerre stellari*
in "Ciak" n. 3, marzo 1997
Mondadori, Milano.

Leeper, Mark R.
*What's So Good about Star Wars?*
Fonte Internet.

Le Peron, Serge
*L'Amérique sans peur et sans reproche (Star Wars, G. Lucas)*
in "Cahiers du cinéma" n. 283, decembre 1977
Editions de l'Etoile, Paris.

Lévi-Strauss, Claude
*Antropologia strutturale*
Il Saggiatore, Milano 1966.

Lévi-Strauss, Claude
*Il cotto e il crudo*
Il Saggiatore, Milano 1966.

Lewis, Jon
*Return of the Jedi. A Situationist Perspective*
in "Jump Cut" n. 30, march 1985
Jump Cut Associates, Berkeley.

Liberti, Fabiano
*Magia re-staurata*
in Cineforum n. 363, aprile 1997
Federazione Italiana Cineforum, Bergamo.

Lim, Julie
*The SW Names FAQ*
Fonte Internet.

Lofficier, Randy et Jean-Marc
*La genese de Star Wars*
in "L'écran fantastique" n. 33 avril 1983
Media Press Edition, Paris.

Lubow, Arthur
*A Space Iliad. The Star Wars War:I*
in "Film Comment" n. 4, july-august 1977
The Film Society of Lincoln Center, New York.

Lucas, George
*The Star Wars Story Synopsis*
Fonte Internet.

Lucas, George
*The Star Wars*
*Rough Draft* Fonte Internet.

Lucas, George
*The Star Wars*
*First Draft*
Fonte Internet.

Lucas, George
*The Adventures of the Starkiller (Episode One): The Star Wars*
*Second Draft*
Fonte Internet.

Lucas, George
*The Star Wars: From the Adventures of Luke Starkiller*
*Third Draft*
Fonte Internet.

Lucas, George
*The Adventures of Luke Starkiller - As Taken From the 'Journal of the Whills' (Saga I): Star Wars*
*Revised Fourth Draft*
Fonte Internet.

Lucas, George
*Guerre stellari*
Sperling & Kupfer Editori, Milano 1997.

Lucas, George
*Star Wars: A New Hope*
Faber and Faber, London 1997.

Martini, Emanuela
*Da dove viene e dove può portare l'escalation del fantastico*
in "Cineforum" n. 3, marzo 1979
Federazione Italiana Cineforum, Bergamo.

Martini, Emanuela
*Lascia perplessi il cinema americano degli anni '70 formato Pesaro*
in "Cineforum" n. 9, settembre 1979
Federazione Italiana Cineforum, Bergamo.

Martini, Emanuela
*Il piacere del sogno*
in "Cineforum" n. 363, aprile 1997
Federazione Italiana Cineforum, Bergamo.

Matelli, Dante
*La bella, lo yogi e il robot*
in "L'Espresso" n. 34, 24 agosto 1980
Editoriale L'Espresso.

McCall, Henrietta
*Miti mesopotamici*
Arnoldo Mondadori Editore, Milano 1995.

McGee, Rex
*Star Wars Strikes Again!*
in "American Film" n. 7, may 1980
The American Film Institute, Washington.

Micciché, Lino
*L'ultima spiaggia del 'cinema'?*
in AAVV
*Hollywood 1969-1979. Cinema, cultura, società*
a cura dell'Ufficio Documentazione (Adriano Aprà, Patrizia Pistagnesi, Vito Zagarrio)
Marsilio Editori, Venezia 1979.

Miller, Martin and Sprich, Robert
*The Appeal of Star Wars: An Archetypal-Psychoanalytic*

*View*
in American Imago n. 2, summer 1981
Wayne State University Press, Detroit.

Molendini, Marco
*Caserta, una reggia per la stirpe Jedi*
in Il Messaggero, 23 luglio 1997.

Molendini, Marco
*Vanvitelli ha sedotto Lucas e i suoi robot*
in Il Messaggero, 26 luglio 1997.

Monaco, James
*American Film Now. The People, the Power, the Money,
the Movies*
Oxford University Press, New York 1979.

Monaco, James and the editors of Baseline
*The Encyclopedia of Film*
Virgin Books, London 1992.

Mons, Matthew C.
*Star Wars*
Fonte Internet.

Morretta, Angelo
*I miti maya e aztechi*
Tea, Milano 1984.

Morris, George
*George Lucas' Star Wars*
in Take One n. 10, july-august 1977
Unicorn Publishing Corp., Montréal.

Moyers, Bill
*Il potere del mito*
Guanda, Parma 1990.

Muscio, Giuliana
*Le riviste di cinema negli Stati Uniti*
in AAVV
*Hollywood 1969-1979. Industria, autori, film*
a cura dell'Ufficio Documentazione (Adriano Aprà, Patrizia Pistagnesi, Vito Zagarrio)
Marsilio, Venezia 1979.

Natta, Enzo
*Fantascienza, oltre i confini della realtà*
in Un secolo di cinema
Sanpaolo, Alba 1994.

Pappalardo, Ferdinando
*Quando la fantascienza rimurgina se stessa*
in "Cinemasessanta" n. 124, novembre-dicembre 1978
Editori Riuniti Sezione Periodici, Roma.

Parisi, Paula
*Creatore di Jedi. Il cinema di Lucas. Anima e tecnologia*
in Computer Valley n. 14, 15 gennaio 1998.

Pasculli, Ettore
*Il cinema dell'ingegno*
Mazzotta, Milano 1990.

Philbert, Bertrand
*Le retour de Jedi*
in "Cinématographe" n. 93, octobre 1983
SARL, Paris.

Pironi, Gualtiero
*Tra mito, scienza e religione il sogno americano diventa universale*
in "Cineforum" n. 3, marzo 1978
Federazione Italiana Cineforum, Bergamo.

Pironi, Gualtiero
*Il fantastico e la science-fiction: 1) approccio e definizioni*
in "Cineforum" n. 6/7, giugno-luglio 1979
Federazione Italiana Cineforum, Bergamo.

Pironi, Gualtiero
*Il fantastico e la science-fiction cinematografici: 2) il reale trasgredito*
in "Cineforum" n. 9, settembre 1979
Federazione Italiana Cineforum, Bergamo.

*Poetiche del cinema hollywoodiano contemporaneo*
a cura di Franco La Polla
Lindau Cinema, Torino 1997.

Poggi, Enrico
*Fantastiliardi*
in Ciao2001, 1988.

Pollock, Dale
*Skywalking. The Life and Films of George Lucas*
Samuel French, Hollywood 1990.

Propp, Vladimir Ja.
*Morfologia della fiaba*
a cura di Gian Luigi Bravo
Giulio Einaudi Editore, Torino 1966.

Pye, Michael and Myles, Lynda
*The Movie Brats. How the Film Generation Took Over Hollywood*
Faber and Faber, London-Boston 1979.

Rankin, Howard and Raw, Martin
*Why We Need Stories like Star Wars*
in Psychology Today, january 1978
Mercury House Publications, London

Ray, Robert B.
*A Certain Tendency of the Hollywood Cinema, 1930-1980*
Princeton University Press, Princeton 1985.

Reich, Charles A.
*La Nuova America*
Rizzoli, Milano 1972.

Richards, Thomas
*Il mondo di Star Trek*
Longanesi & C., Milano 1998.

Rogers, Tom
*The Empire Strikes Back*
in Film in Review n. 7, august-september 1980
National Board of Review of Motion Pictures, New York.

Rosenbaum, Jonathan
*The Solitary Pleasure of Star Wars*
in "Sight and Sound" n. 4, autumn 1977
British Film Institute, London.

Salizzato, Claver
*Il modello Spielberg-Lucas, reinventare il cinema perduto*

in "Bianco e Nero" n. 3, luglio-settembre 1983
Gremese Editore.

Salom, Paolo
*Guerre stellari ritorna per battere ogni record del cinema*
in "Gente" n. 6, 11 febbraio 1997
Rusconi Editore, Milano.

Sansweet, Stephen J.
*Star Wars Encyclopedia*
Del Rey Book, New York, 1998.

Scanlon, Paul
*La fantaguerra mondiale*
in L'Espresso n. 38, 25 settembre 1977
Editoriale L'Espresso.

Schlockoff, Robert et Borie, Bertrand
*Le retour à la guerre des étoiles: L'empire contre-attaque*
in "L'écran fantastique" n. 13, 1980
Media Presse Edition, Paris.

Shay, Don
*Les effects spéciaux de L'empire contre-attaque*
in "L'écran fantastiquc" n. 16, 1981
Media Presse Edition, Paris.

Slavicsek, Bill
*A Guide to the Star Wars Universe*
Del Rey Book-Ballantine Book, New York 1994.

Smith, Thomas C.
*Industrial Light and Magic. The Art of Special Effects*
Columbus, London 1986.

Solman, Gregory
*Return of the Jedi*
in "Film in Review" n. 6, june-july 1983
National Board of Review of Motion Pictures, New York.

*Star Wars*
in Filmfacts n. 5, 1977
University of Southern California.

*Star Wars as an Epic*
Fonte Internet.

*Star Wars Legends*
Panini Comics, 2015.

Sterngold, James
*Star Wars Strikes Back - That's Marketing*
in International Herald Tribune, 31 january 1997.

Stewart, Garrett
*Close Encounters of the Fourth Kind*
in "Sight and Sound" n. 3, summer 1978
British Film Institute, London.

Strick, Philip
*Star Tracks*
in "Sight and Sound" n. 3, summer 1976
British Film Institute, London.

Strick, Philip
*Return on the Jedi*
in "Monthly Film Bulletin" n. 594, july 1983
The British Film Institute, London.

Swann, Peter C.
*Giappone*
Il Saggiatore, Milano 1966.

Tagliabue Sweta
*In una galassia non molto lontana*
Sestante Edizioni, Bergamo 2011.

Tassone, Aldo
*Akira Kurosawa*
Il Castoro Cinema, n. 90
Editrice Il Castoro, Milano.

Taylor Chris
*Come Star Wars ha conquistato l'universo*
Multiplayer Edizioni, 2015.

Termine, Liborio
*L'impero colpisce ancora*
in "Cinema Nuovo" n. 268, dicembre 1980
Edizioni Dedalo, Torino.

Tessier, Max
*L'empire contre-attaque*
in "Image et Son n. 353", septembre 1980
UFOLEIS, Paris.

*The Empire Strikes Back*
in American Cinematographer Special Issue n. 6, june 1980
ASC Holding Corp, Hollywood.

*The Star Wars Album*
Ballantine Books, New York 1977.

Titelman, Carol
*The Art of Star Wars. Episode IV: A New Hope*
Titan Books, London 1997.

Tosi, Virgilio
*Star Wars*
in "Bianco e Nero" n. 1, gennaio 1978
Edizioni di Bianco e Nero, Roma.

Tuchman, Mitch et Thompson, Anne
*Entretien avec George Lucas*
in "Cahiers du cinéma" n. 328, octobre 1981
Editions de l'Etoile, Paris.

Turrioni, Maurizio
*Guerre sempre più stellari*
in "Famiglia cristiana" n. 15, 9 aprile 1997
Periodici San Paolo, Alba.

Turroni, Giuseppe
*Americana 1 e Americana 2*
in "Quaderni di Filmcritica" n. 4/5
Bulzoni, 1978.

Turroni, Giuseppe
*Il miele del barocco*
in "Filmcritica" n. 281, gennaio 1978
Roma.

Vallerand, Francois
*John Williams et The Empire Strikes Back*
in Séquences n. 101, juillet 1980
Montreal.

Venezia, Alessandra
*Ritorni stellari*
in L'Unità, 11 marzo 1997.

Videtta, Marco
*La fuga impossibile. Il mito del viaggio nel cinema americano: da Huckleberry Finn a Easy Rider*
Roberto Napoleone, Roma 1980.

Welch, Jeffrey Egan
*Literature and Film. An Annotated Bibliography 1978-1988*
Garland Publishing Inc., New York-London 1993.

Wood, Denis
*The Stars in Our Hearts - A Critical Commentary on George Lucas' Star Wars*
in *Journal of Popular Film* n. 3 1978
Bowling Green State University, Bowling Green.

Wood, Denis
*The Empire's New Clothes*
in Film Quaterly n. 3, spring 1981
University of California Press, Berkeley.
Wood, Michael
*L'America e il cinema*
Garzanti, Milano 1979.

Wood, Robin
*Hollywood from Vietnam to Reagan*
Columbia University Press, New York 1986.

*World Film Directors*
*Volume II 1945-1985*
Editor John Wakeman

The H.W. Wilson Company, New York 1988.

Wyatt, David
*Star Wars and the Production of Time*
in *The Virginia Quaterly Review* n. 4, autumn 1982.

Zaccuri, Alessandro
*Draghi e cavalieri che alieni sono?*
in Avvenire, 28 aprile 1998.

Zaccuri, Alessandro
*Enterprise senza Dio*
in Avvenire, 28 aprile 1998.

Zimmer, Heinrich
*Miti e simboli dell'India*
Adelphi, Milano 1983.

Zito, Stephen
*George Lucas Goes Far Out*
in *American Film* n. 6, april 1977
The American Film Institute, Washington.

# Note e appunti

_____
_____
_____
_____
_____
_____
_____
_____
_____
_____
_____
_____
_____
_____
_____
_____
_____
_____
_____
_____
_____
_____